www.lenos.ch

Brenda Navarro

Leere Häuser

Roman

Aus dem Spanischen
von Stephanie von Harrach

Lenos Verlag

Die Übersetzerin
Stephanie von Harrach, geboren 1967 in Köln, studierte Literatur- und Medienwissenschaften in Frankfurt am Main. Sie war viele Jahre als Lektorin für deutschsprachige und internationale Literatur bei verschiedenen Verlagen tätig. Heute lebt und arbeitet sie in Zürich. Zu ihren Übersetzungen aus dem Spanischen gehören einige Bücher des Argentiniers Jorge Bucay sowie *Die Kinder der Massai* von Javier Salinas. Aus dem Englischen übersetzt hat sie u. a. *Im Schatten des Banyanbaums* von Vaddey Ratner und *Young Blood* von Sifiso Mzobe.

Die Übersetzerin und der Verlag danken der Schweizer Kulturstiftung Pro Helvetia für die Unterstützung.

schweizer kulturstiftung
prohelvetia

Titel der spanischen Originalausgabe:
Casas vacías

Erste Auflage 2024

Satz und Gestaltung: Lenos Verlag, Basel
Umschlagfoto: lynea/Shutterstock
Printed in Germany
ISBN 978 3 03925 039 4

Dieses Buch ist für Nacho Bengoetxea.

Danke, Dana und Alba, dass es euch gibt.
Und danke auch an Yuri Herrera.

Erster Teil

So weit ist es nun gekommen, dass ich
unterm Baum sitze
am Ufer des Flusses
im sonnigen Morgen.
Das Ereignis ist ohne Belang,
es geht nicht in die Geschichte ein.

Wisława Szymborska
Fragment aus
*»Kann auch ohne Überschrift bleiben«**

* Alle Übersetzungen, wenn nicht anders vermerkt, aus: Wisława Szymborska. *Gesammelte Gedichte.* Aus dem Polnischen von Karl Dedecius und Renate Schmidgall. Berlin: Suhrkamp 2023.

Daniel verschwand drei Monate, zwei Tage, acht Stunden nach seinem Geburtstag. Er war drei Jahre alt. Er war mein Sohn. Das letzte Mal, dass ich ihn gesehen habe, war zwischen der Wippe und der Rutsche im Park, in den ich nachmittags immer mit ihm ging. An mehr erinnere ich mich nicht. Oder doch: Ich war traurig, weil Vladimir mir angekündigt hatte, dass er geht, weil er das Ganze nicht zu billig werden lassen wollte. Es billig werden lassen, als würde man etwas Wertvolles für zwei Pesos verscherbeln. Das war ich, als ich meinen Sohn verlor: die Frau, die sich von Zeit zu Zeit, alle paar Wochen, von einem flüchtigen Liebhaber verabschiedete, der sie mit wohlfeilem Sex abspeiste wie mit kleinen Almosen, um sich seinen Abgang zu erleichtern. Die reingelegte Käuferin. Der Reinfall einer Mutter. Diejenige, die nicht gesehen hat.

Ich habe wenig gesehen. Was habe ich gesehen? Ich durchkämme das Geflecht von Erinnerungsbildern nach jenem noch so kleinen Faden, der mich, wenigstens für eine Sekunde, fassen lässt, wann es passiert ist. In welchem Moment, ab wann habe ich Daniel nicht mehr gesehen? In welchem Moment, ab welchem Augenblick, ab welchem unterdrückten Schrei eines dreijährigen Körpers ist er verschwunden? Was ist passiert? Ich habe wenig gesehen. Und obwohl ich unter den Menschen herumgeirrt bin und immer wieder seinen Namen gerufen habe, war ich taub. Sind Autos vorbeigefahren? Waren noch andere Leute da? Welche? Wer? Ich habe meinen dreijährigen Sohn nie wiedergesehen.

Nagore hatte um zwei Uhr Schulschluss, aber ich habe sie nicht abgeholt. Ich habe sie nie gefragt, wie sie an jenem Tag nach Hause gekommen ist. Tatsächlich haben wir nie darüber gesprochen, ob irgendjemand an diesem Tag zurückgekommen ist, vielleicht sind mit den vierzehn Kilo meines Sohnes auch wir alle verschwunden und nie mehr zurückgekehrt. Bis heute gibt es kein Bild in meinem Kopf, das mir Antwort darauf geben könnte.

Dann, das Warten: ich zusammengesackt auf einem schmuddeligen Stuhl bei der Staatsanwaltschaft, wo Fran mich später abgeholt hat. Wir warten beide, wir warten immer noch auf diesem Stuhl, auch wenn wir physisch ganz woanders sind.

Wie oft hatte ich mir gewünscht, sie wären tot. Ich schaute in den Badezimmerspiegel und stellte mir vor, wie ich sie beweinte. Aber ich habe nicht geweint, ich unterdrückte meine Tränen und setzte wieder eine neutrale Miene auf, für den Fall, dass ich es beim ersten Anlauf nicht richtig hinbekommen hätte. Ich stellte mich also noch mal vor den Spiegel und fragte: Gestorben? Was soll das heissen, gestorben? Wer ist gestorben? Alle beide? Waren sie zusammen? Sind sie wirklich, wirklich tot, oder ist es bloss ein Hirngespinst, das mich zum Weinen bringen soll? Wer bist du, mir zu sagen, dass sie tot sind? Wer von ihnen, welcher von beiden? Und die einzige Antwort, die kam, war ich selbst, die ich vor dem Spiegel stand und hartnäckig wiederholte: Wer ist gestorben? Es möge bitte jemand gestorben sein, damit ich nicht diese Leere spüre! Und angesichts des schweigenden Echos antwortete ich mir selbst: alle beide, Daniel und Vladimir. Ich habe sie gleichzeitig verloren, und irgendwo auf der Welt leben beide weiter, ohne mich.

Du stellst dir alles Mögliche vor, nur nicht, dass du eines Tages aufwachst mit der Last einer verschwundenen Person. Was ist eine verschwundene Person? Es ist ein Gespenst, das dich verfolgt wie ein schizophrener Wahn.

Obwohl ich nie eine dieser Frauen sein wollte, die die Leute auf der Strasse mitleidig anschauen, kehrte ich oft in den Park zurück, beinahe täglich, um genau zu sein. Ich setzte mich auf dieselbe Bank und rief mir jede Regung ins Gedächtnis: Telefon in der Hand, die Haare über dem Gesicht, zwei oder drei stechfreudig um mich herumschwirrende Mücken. Daniel und sein dümmliches Kichern ein, zwei, drei Schritte entfernt. Zwei, drei, vier Schritte. Blick nach unten. Zwei, drei, vier, fünf Schritte. Da. Ich schau zu ihm rauf. Ich seh ihn und widme mich wieder dem Telefon. Zwei, drei, fünf, sieben Schritte. Keiner. Er fällt. Steht wieder auf. Vladimir liegt mir im Magen. Zwei, drei, fünf, sieben, acht, neun Schritte. Und ich vollziehe jeden Schritt mit, jeden Tag: zwei, drei, vier … Und erst als mich Nagore beschämt anstarrte, weil ich schon wieder da stand, zwischen Wippe und Rutsche, und den Kindern den Weg versperrte, erst da begriff ich: Ich war eine dieser Frauen, die die Leute auf der Strasse mitleidig und voller Angst anschauen.

Andere Male suchte ich ihn still von der Bank aus, und Nagore sass, die Beine übereinandergeschlagen, neben mir und sagte keinen Ton, als wäre ihre Stimme an irgendetwas schuld, als wüsste sie bereits jetzt, dass ich sie hasste. Nagore war der Spiegel meiner Abscheulichkeit.

Warum bist nicht du verschwunden?, sagte ich einmal zu Nagore, als sie aus der Dusche nach mir rief, damit ich ihr das Handtuch vom Badezimmerregal runterreichte. Sie sah mich mit ihren blauen Augen an, völlig verdutzt, dass ich es ihr direkt ins Gesicht gesagt hatte. Ich schloss sie sofort in die Arme und bedeckte sie mit Küssen. Ich streichelte ihr nasses Haar, das mir Gesicht und Arme nässte, wickelte sie ins Handtuch und drückte sie an meinen Körper, und wir weinten zusammen. Warum war nicht sie verschwunden? Warum haben all die Opfer nichts gebracht?

Ich hätte es sein sollen, sagte sie später einmal zu mir, als ich sie zur Schule gebracht hatte. Ich beobachtete, wie sie auf ihre Klassenkameraden zulief, und wollte sie nie wiedersehen. Ja, sie hätte es sein sollen, aber sie war es nicht. Jeden Tag ihrer Kindheit kehrte sie wieder nach Hause zu mir zurück.

Es ist nicht immer dieselbe Art von Traurigkeit. Nicht jedes Mal wachte ich mit seelischem Magengrimmen auf, aber es brauchte nur etwas zu geschehen, und sofort musste ich schlucken und wurde mir der Wichtigkeit des Atmens bewusst. Atmen ist kein mechanischer Akt, es ist eine stabilisierende Handlung; wenn du ins Straucheln gerätst, weisst du, dass du atmen musst, um dich im Gleichgewicht zu halten. Leben geschieht ganz von selbst, aber atmen muss man lernen. Also zwang ich mich, Schritt für Schritt. Wasch dich. Kämm dich. Iss. Wasch dich, kämm dich, iss. Lächle. Nein, nicht lächeln. Du lächelst nicht. Atme,

atme, atme. Weine nicht, schrei nicht. Was tust du, was tust du? Atme. Atme, atme. Vielleicht gelingt es dir morgen, dich vom Sofa aufzurappeln. Morgen ist immer ein anderer Tag, ich aber lebte offenbar immer denselben, denn es gab kein Sofa, von dem ich mich hätte erheben müssen.

Manchmal rief Fran an, um mich daran zu erinnern, dass wir noch ein anderes Kind hatten. Nein, Nagore sei nicht meine Tochter, sagte ich zu ihm. Nein. Aber wir kümmern uns um sie, wir bieten ihr ein Zuhause, sagte er zu mir. Nagore ist nicht meine Tochter. Nagore ist nicht meine Tochter. (Atme. Mach was zu essen, sie müssen essen.) Daniel ist mein einziges Kind, und wenn ich ihm was zu essen machte, spielte er auf dem Boden mit Spielzeugsoldaten, und ich brachte ihm Karotten mit Zitrone und Salz. (Er hatte hundertfünfundvierzig Soldaten, alle grün, alle aus Plastik.) Ich fragte ihn, was er spielte, und er in seinem unverständlichen Brabbeln sagte, Soldaten, und wir beide vernahmen ihren Schritt auf dem grossen Marsch. (Das Öl qualmt, die Nudeln brennen an. Es ist kein Wasser im Mixer.) Nagore ist nicht meine Tochter. Daniel spielt nicht mehr mit den Soldaten. Es lebe der Krieg! Oft riefen sie mich aus der Schule an und erinnerten mich daran, dass Nagore auf mich wartete und sie bald schliessen mussten. Tut mir leid, sagte ich, obwohl mir ein »Nagore ist nicht meine

Tochter« auf der Zunge lag, und ich legte empört auf, weil sie mir eine Mutterschaft abverlangten, um die ich nie gebeten hatte. Und in einem unterdrückten Schluchzen, das in einen Erstickungsanfall mündete, flehte ich darum, Daniel zu sein und mit ihm verlorengehen zu können, stattdessen aber verflog der Nachmittag nur so, bis Fran wieder anrief, um mich daran zu erinnern, dass ich mich um Nagore kümmern müsse, weil sie auch meine Tochter sei.

Vladimir kehrte einmal zurück, ein einziges Mal. Wahrscheinlich aus Mitleid, aus Pflichtgefühl, morbider Neugier. Er fragte mich, worauf ich Lust hätte. Ich küsste ihn. Er umsorgte mich einen Nachmittag lang, als würde ich ihm etwas bedeuten. Er berührte mich behutsam, als hätte er Angst, so zögerlich wie jemand, der nicht weiss, ob er die frisch geputzte Glasscheibe berühren darf. Ich nahm ihn mit in Daniels Zimmer, und wir schliefen miteinander. Schlag mich, schlag mich, bis ich schreie, wollte ich ihm sagen. Aber Vladimir versicherte sich bloss, ob es mir gutgehe und ob ich etwas brauchte. Ob ich mich wohl fühlte. Ob ich aufhören wolle. Ich will, dass du mich schlägst, du musst mir geben, was ich dafür verdient habe, Daniel verloren zu haben, schlag mich, schlag mich, schlag mich. Ich habe es nicht gesagt. Später kam er mir schuldbewusst mit dem nie gemachten Vorschlag, dass wir hätten heiraten sollen. Dass er …

Egal. Dass er mir kein Kind gemacht hätte?, reagierte ich auf seine Verlegenheit, seine Angst, etwas Verfängliches zu sagen. Dass er mich und unser Kind nicht in irgendeinen Park mitgenommen hätte? Nein. Kein Kind. Dass er mir ein Leben ohne mütterliches Leid ermöglicht hätte? Ja, vielleicht das, antwortete er, als ich es ihm nahelegte, und dann, flüchtig, wie er war, ging er und liess mich wieder allein.

An dem Tag kam Fran und brachte Nagore zu Bett, und ich wollte, dass er mir nahekommt und merkt, dass meine Vagina nach Sex riecht. Und dass er mich schlägt. Aber Fran hat nichts gemerkt. Wir fassten uns schon lang nicht mehr an, nicht mal ein beiläufiges Streifen.

Fran spielte abends vor dem Einschlafen für Nagore Gitarre. Ich hasste ihn, ich verzieh ihm nicht, dass er es wagte, ein Leben zu haben. Er ging arbeiten, bezahlte die Rechnungen, spielte den Guten. Aber was für eine Art von Güte steckt in einem Mann, der nicht jeden Tag darunter leidet, seinen Sohn verloren zu haben?

Nagore kam allabendlich, pünktlich um zehn nach zehn, um mir einen Gutenachtkuss zu geben, und ich vergrub mich in den Kissen und tätschelte ihr zur Antwort den Rücken. Was für eine Art von Güte steckt in jemandem, der Liebe einfordert, indem er Liebe gibt? Keine.

Nagore verlor ihren spanischen Akzent, kaum dass sie in Mexiko angekommen war. Sie ahmte mich nach. Sie war wie ein Insekt, das aus seiner Verpuppung schlüpfte und die Flügel ausbreitete, damit wir ihr beim Fliegen zusehen konnten. Sie erstrahlte in einer Farbenpracht, als hätte der elterlich gesponnene Kokon sie bloss auf das reale Leben vorbereitet. Sie entwuchs der Kindheit, überwand ihre Traurigkeit. Nach Daniels Verschwinden stutzte ich ihr die Flügel. Ich würde nicht zulassen, dass etwas stärker strahlte als er und die Erinnerung an ihn. Wir sollten das gerahmte Familienfoto sein, das intakt bleibt, selbst wenn das traurige Flattern eines Insekts es zu Fall bringt.

Fran war Nagores Onkel, seine Schwester hatte sie in Barcelona zur Welt gebracht. Fran und seine Schwester stammten aus Utrera. Beide hatten die Welt durchstreift, bevor sie entschieden, sich niederzulassen und in Familien zu verewigen.

Die Schwester starb durch die Hand ihres Ehemanns, weshalb Fran uns die Fürsorge für Nagore auflud. Ich wurde Mutter eines sechsjährigen Mädchens, während in meinem Bauch Daniel heranwuchs. Eigentlich war ich keine Mutter, und das war das Problem. Das Problem ist, dass ich immer noch am Leben bin.

Es gab Momente, da wollte ich eine dieser Mütter sein, die mit schweren Füssen die Strassen abklappern. Rausgehen, um Flugblätter mit Daniels Konterfei aufzuhängen, Tag für Tag, Stunde um Stunde, Gespräch um Gespräch. Manchmal, ganz selten, wollte ich auch Nagores Mutter sein, ihr das Haar bürsten, ihr Frühstück machen, sie anlächeln. Aber ich war wie erstarrt, lethargisch, funktionierte manchmal rein aus Instinkt. Viel öfter wollte ich Amara sein, Frans Schwester, und die Verantwortung, über zwei fremde Leben zu wachen, an sie abtreten. Wollte die Verruchte, die Notleidende, die zu Unrecht Ermordete sein. Nicht gebären. Nicht austragen, nicht die lebenerschaffenden Zellen produzieren. Nicht Leben, nicht Quelle sein, nicht zulassen, dass der Mythos Mutterschaft sich durch mich fortsetzt. Daniels Möglichkeiten beschneiden, solang er noch in meinem Bauch war, Nagore einsperren, bis sie aufhört zu atmen. Das Kissen sein, das sie im Schlaf erstickt. Die Wehen rückgängig machen, durch die sie beide auf die Welt gekommen sind. Nicht gebären. (Atme, atme, atme.) Nicht gebären, denn sind sie erst einmal auf der Welt, ist die Mutterschaft für immer.

Sollte ich jemals Kind gewesen sein und das Recht haben, mich daran zu erinnern, dann waren es Geigen, die mich in jenen Zustand von Erfüllung versetzt haben, den ich nicht an Nagore weitergeben konnte. Geigen. Die Geigen im Haus meiner Eltern, während die Sonne durchs Fenster schien und das Wohnzimmer erhellte, in dem ich spielte. Geigen, die Begleitmusik zu meinen Spielen. Eines Tages wachte ich in der festen Überzeugung auf, dass Nagore Geige lernen sollte. Ich erkundigte mich nach Privatlehrern, wir gingen in die Stadt, um uns einen Überblick über die verschiedenen Modelle und Preise zu verschaffen. Wir fragten nach den Unterschieden, lauschten den Ausführungen, ohne sie zu verstehen, taten aber so als ob. Nagore griff freudig nach meiner Hand, lächelte und strahlte etwas Kindliches aus. Ja, Geigen. Fran zog zwar die Augenbrauen hoch, willigte aber ein und veranlasste sogar den heimischen Privatunterricht. Er gab mir einen Zettel mit dem Stundenplan und der Telefonnummer, unter der ich den ersten Termin bestätigen sollte. Ich klebte ihn an den Kühlschrank. Es hat niemals Geigen im Haus gegeben.

Und was, wenn wir zu den Grosseltern gehen, ins weisse Haus in Utrera?, fragte Nagore. Nach Utrera gehen, wo ich doch meinen Sohn verloren habe? Ich gab ihr eine Ohrfeige. Und leugnete es umgehend. Niemals wäre ich imstande, ein kleines Mädchen zu schlagen.

Daniel kam an einem 26. Februar auf die Welt. Sternzeichen Fische, dachte ich. Fran war es egal. Fische sind schwierig, sie leiden viel und neigen erst recht zum Drama. Widder hätte er sein sollen. Ich wollte immer ein unabhängiges Kind. Daniel wog zwei Kilo und neunhundert Gramm, gesunde Lunge, ein Apgar-Wert von 8. (Atme, atme, atme …) Daniel war Fische und hatte weisse, fast durchscheinende Haut … (Atme, atme, atme!) Daniel war Fische, wog zwei Kilo, fast drei, weisse Haut, durchscheinend, aber Fische, Fische zu sein ist nicht gut … (Atme, atme, atme!, atme.) Daniel war Fische, er war mein Sohn, Daniel war, er war mein Sohn. Ist mein Sohn … (Atme, at… nein, nein, ich will nicht atmen.) Daniel ist mein Sohn, und ich will wissen, wo er ist.

Ich verdiene es nicht, zu atmen. Ich atme. Atmen ist meine Strafe.

Fran, wie wenig bleibt von dem, was wir hatten, ein paar armselige Brotkrümel, die einem aus dem Mund fallen, weil man alles auf einmal reingestopft hat. Fran, wie wenig ich über ihn weiss und er über mich. Wie konnten wir es wagen, Eltern zu werden? Warum? Fran, so wenig gemeinsame Zeit und ein so riesiges Unglück. Fran, der Stoiker, der Starke, der Harte, das präzise Uhrwerk, der Massvolle. Der Massvolle. Der Idiot. Es gibt Menschen wie Fran und mich, die sterben sollten, sowie sich zeigt, dass sie nicht zu Eltern taugen.

Als natürliche Auslese.

Erst als Nagore wegging, merkte ich, dass ich sie liebte, vorher nicht.

Fran wollte keine Kinder. Oder doch, aber nicht sofort. Wozu? Deshalb ejakulierte er auf meine Beine. Ich mochte es, wenn er das tat. Sein weisser Samen brachte meine braune Haut zum Leuchten. Vladimir benutzte ein Kondom. Wie dünn die elastische Schicht zwischen uns war und wie entschieden seine Ablehnung der Fruchtbarkeit! Diese Entschlossenheit, eine Barriere zwischen seiner und meiner Haut zu errichten. Dass Fran mich mit seiner feuchten Eichel berührte, gab mir das Gefühl, dass er mich liebte. Und die Liebe, so trügerisch, so fiebrig, lässt den Samen von den Beinen in die Gebärmutter gelangen und von der Gebärmutter direkt ins Unglück. Manche von uns kommen auf die Welt, um keine guten Mütter zu sein, uns sollte Gott vor unserer Geburt sterilisieren.

Ich machte einen Test, um herauszufinden, ob ich schwanger war. Als ich es Fran mitteilte, umarmte er mich, als wäre es das, was von ihm erwartet wurde. Willst du es? Willst du, dass wir dieses Baby bekommen?, fragte ich. Ja, er hat Ja gesagt. (Atme, atme …) Willst du dich darum kümmern, wirst du dich um mich kümmern? Ja, er hat Ja gesagt. Egal was passiert, es wird uns gutgehen, nicht wahr? Ja, er hat Ja gesagt. Er hat (atme) Ja gesagt. (Atme, atme, atme, atme!)

Er hat Ja gesagt. Was auch passiert, uns wird es gutgehen, nicht wahr? Ja. Egal was passiert, uns wird es gutgehen, nicht wahr? Ja. Was auch passiert, uns wird es gutgehen. Nicht wahr? Ja. Egal was passiert, uns wird es gutgehen. Nein. Ja. Wir hätten an diesem Tag abtreiben sollen.

Vielleicht suchten sie nach irgendeiner Spur von ihm, jedenfalls sahen sich Fran und Nagore gemeinsam Fotos von Daniel an, wenn sie glaubten, dass ich es nicht mitbekomme. Ihr werdet noch blind davon, sagte ich eines Tages zu ihnen. Ich bekam keine Antwort. Ihr sucht auf einem Foto, und warum geht ihr nicht auf die Strasse und sucht da nach ihm? Nichts, sie reagierten einfach nicht auf meine Provokation. Was seht ihr denn? Ihr habt ihn doch nie gesehen, insistierte ich. Als er hier war, habt ihr ihn nie gesehen. Doch, wir haben ihn gesehen, sagte Nagore. Ihr habt ihn nicht gesehen. Doch!, brüllte Nagore zurück. Doch, wir haben ihn gesehen, wir haben ihn gesehen, und deinetwegen ist er verschwunden, nur wegen dir! Fran legte ihr die Hand auf den Mund, und sie fing an zu weinen. Sie haben ihn nicht gesehen. Ich auch nicht. Das schmerzte am meisten, dass wir alle drei tief im Inneren wussten, dass es nicht nur meine, sondern unser aller Unachtsamkeit gewesen war, aber es war einfacher, mir die Schuld zuzuschieben oder dem

Schicksal, was wir manchmal taten. Es lief auf dasselbe hinaus.

Wo ist Daniel hingegangen?

In der ersten Nacht zu Hause ohne Daniel wollte ich schlafen, konnte aber nicht. Ich nahm Frans Hand, und schweigend lauschten wir dem Autolärm vor unserem Fenster. Später gesellte sich Nagore zu uns. Sie kuschelte sich in die Mulde meiner Fötushaltung. Wahrscheinlich hat keiner von uns drei in der ganzen Nacht ein Auge zugetan, aber einander gesehen haben wir nicht; allenfalls das Licht der Autoscheinwerfer auf dem Bett. Allenfalls Teile unserer Körper, die Decke, unsere ineinander verschlungenen Hände. Wir waren Gespenster. Wer verschwindet, nimmt unwiederbringlich etwas mit – den Verstand derer, die zurückbleiben.

Atme. Streich dir die Erde vom Leib. Halte durch. Steh auf. Atme. Atmen, wozu?

Ich lernte, Respekt gegenüber Menschen zu empfinden, die in der Lage sind, über ihre Gefühle zu sprechen. Sie zu teilen und empathisch zu sein. Ich spürte, dass etwas in meiner Lunge, meiner Luftröhre, zwischen meinen Stimmbändern festsass. Der Versuch zu sprechen tat weh, als würde mich jemand würgen. Mein Körper veränderte sich, wurde matt, schlapp, schwach. Daniel muss sich auch sehr verändert haben. Ich stelle mir vor, wie er an der Hand einer sanften, grauhaarigen Frau durch die Strassen geht. Ich visualisiere sogar die Schritte und die Sekunden, die sie braucht, um ihm im Park ein Eis oder Zuckerwatte zu kaufen. Ich sehe vor mir, wie er es mit der ihm eigenen Bedachtsamkeit isst. Ich geniesse es, ihnen dabei zuzuschauen, wie sie weitergehen, wie er lacht, wie er isst und wie er der Frau spuckefeuchte Küsse gibt. Er kennt mich nicht, erinnert sich nicht an mich. Er weiss nicht, wer Nagore ist, weiss nicht, wer Fran ist, sie könnten direkt an ihm vorbeigehen, und er würde weiter die grauen Haare küssen, die Hände in der Zuckerwatte vergraben. Ich stelle mir auch vor, wie er schläft, Vielfrass mit vollem Bäuchlein, die Finger im Schlaf gespreizt, und man sieht ihn leicht atmen, so dass ich weiss, dass er lebt. Er lebt. Unterdessen versuche ich, meine Spucke zu schlucken, bohre mir die Fingernägel in die Handflächen und halte inne wie eine Frau, die kurz davor ist, in Erscheinung zu treten, aber nicht erscheint.

Nagore wuchs schnell heran. Das Leben liess ihr nach und nach die Brust, die Hüften und den Hochmut anschwellen, mit dem sie uns demonstrierte, dass sie – trotz allem – immer noch am Leben war. Sie erschuf sich ihre eigene geschützte Welt, zu der ich keinen Zugang hatte, aber ich nahm an, dass sie in der Schule lachte und Witze machte und voll durchatmete. Ich stellte mir vor, wie sie ihren Dingen nachging und lachte und glücklich war und sich als sehr lebendig empfand, sehr präsent, sich des festen Bodens unter ihren Füssen gewiss. Deshalb spürte ich dieses Brennen im Bauch, als sie einmal ihre Zimmertür hinter sich zuzog, und ich rannte los und riss die Tür auf: In diesem Haus gibt es keine Geheimnisse, sagte ich, und sie schaute mich still von ihrem Bett aus an. Sie wusste, dass zwischen uns alles ein Geheimnis war, vor allem die Tatsache, dass wir uns im Grunde gegenseitig hassten.

Hätte ich im Park nicht das Telefon in der Hand gehabt, wäre Daniel noch bei mir. Hätte ich an diesem Nachmittag nicht rausgehen wollen, um Vladimirs Nachricht aus dem Kopf zu bekommen, wäre Daniel noch bei mir. Hätte ich nicht beschlossen, zu glauben, dass die Liebe eine Entscheidung ist, und mich daher entschieden, Fran zu lieben, obwohl jede meiner Muskelfasern nach Vladimir schmachtete, wäre Daniel nicht bei mir. Dann hätte er gar nicht existiert. Hätte ich mich nicht mit Vladimir eingelassen, wäre ich immer noch eine Frau, die im Begriff ist, sich selbst zu erschaffen. Ich hätte keine Familie gegründet, bloss um die Affäre zu beenden, ich müsste kein Leid ertragen, aber die Liebe vergeht nicht einfach so, man entliebt sich nicht willentlich, auch wenn sich das alles nach einer Entschuldigung anhören mag.

Du inspizierst sogar das Geschirr. Jeder noch so kleine Hinweis auf seine Nähe genügt. Daniel war im Suppenteller, den er stehengelassen hatte, bevor wir in den Park gingen, in der Kleidung, die wir am Morgen in den Wäschekorb gelegt hatten. Im ungemachten Bett, in seinen Spielsachen. In jedem Winkel des Hauses war Daniel noch präsent: sogar im Geräusch der in der Sonnenwärme knackenden Ziegel, das klang, als schmisse Daniel ein Spielzeug auf den Boden. Fran hatte das begriffen und deshalb in den ersten Tagen versucht, alles aufzuräumen, absolut alles, als wolle er gänzlich neue Szenerien schaffen, in denen ich nicht in Traurigkeit schwelgen konnte; wie mit dem Teller, den er weggeworfen hatte, weil er inzwischen mit einer Schimmelschicht überzogen war. Ich hatte ihn zufällig beim Müllbeutelwechseln entdeckt. Als ich ihn zwischen Essensresten und Milchtüten ausmachte, kramte ich ihn hysterisch hervor, schnappte mir die Kaffeetasse, die Fran im Gespräch mit Nagore auf den Esstisch gestellt hatte, und warf sie nach ihm auf der Suche nach Streit. Aber Fran stritt schon nicht mehr und liess mich, vor Wut gelähmt und wimmernd, einfach stehen. Nichts hatte wirklich noch Bedeutung für mich, und es dauerte ewig, bis ich wieder so etwas erlebte wie eine echte Katharsis.

Ich hätte ahnen können, wie klösterlich mein Leben werden würde, als ich merkte, dass Fran sich am Anfang unserer Beziehung dazu zwang, beim Liebemachen still zu sein. Er unterdrückte die Heftigkeit seiner Orgasmen, indem er die Lippen zusammenpresste, damit ihm kein Laut entfuhr. Ich hörte ihn, weil sein Kopf immer nah bei meinem Ohr war. Sein Orgasmus war eine in der Kehle unterdrückte Revolution. Sein Körper zog sich zusammen, er wand sich auf mir, aber förmlich, als ginge es beim Liebemachen bloss um ein Gefühl und nicht ums menschliche Überleben. Ich gewöhnte mich daran, deshalb war ich nicht überrascht, dass wir nach Daniels Verschwinden verstummten.

Ich habe Frans Schwester nicht gekannt. Mit Familien hatte ich nie etwas am Hut. Ich weiss, dass Frans Schwester von ihrem Ehemann getötet wurde. Ich weiss, dass man nicht durch die Hand der Menschen sterben sollte, die man liebt. Und ich weiss, dass sie nicht sterben wollte, denn im Gesicht und an den Armen ihres Mörders hat man Spuren ihrer Fingernägel gefunden. Ich weiss auch, dass Nagore ihre blauen Augen geerbt hat, aber blond ist wie ihr Vater. Ich weiss, dass sie eine gute Schwester war und dass Fran sie sehr geliebt hat. Ich weiss, dass Nagore behütet aufgewachsen und liebevoll erzogen worden ist. Das weiss ich. Genau wie ich weiss, dass Nagore zu Fran gehört und nicht zu mir. Ich weiss, dass Nagore nicht für mich geboren wurde. Ich weiss, dass Nagore immer im Kopf behalten wird, dass Amara und niemand sonst ihre Mutter ist. Ich weiss das. Warum sollte ich also Zeit damit verschwenden, mich um eine Tochter zu kümmern, die nicht meine ist, warum sollte ich ihr Zuhause sein? Warum sollte ich Mitgefühl für jemanden empfinden, den ich nicht einmal kannte?

Nach Daniels Verschwinden trug ich auch imaginäre Streits mit Vladimir aus, ich musste streiten, aber es mangelte an einem Gegenüber, das sich drauf eingelassen hätte. Wusstest du, dass ich meinen Sohn verloren habe, weil ich deine Nachricht gelesen habe? Und du, was ist dein Beitrag dazu? Mein Leben billig gemacht, das hast du getan, es in einen Scherz verwandelt, in einen Witz. Wusstest du das, hast du das gewusst? Was weisst du überhaupt? Nichts weisst du, gar nichts. Wusstest du, dass ich ein Kind gekriegt habe, bloss um einen Vorwand zu haben, von dir wegzukommen? Man kann nicht aus so albernen Gründen Kinder kriegen. Ich habe einen Sohn geboren, um von dir loszukommen. Wie idiotisch, für dich ist weggehen so einfach gewesen. Wusstest du, dass ich gerade darüber nachgedacht hatte, wie ich dich zurückgewinnen kann, als mit ein, zwei, drei Schritten Daniel verschwunden ist? Daniel wurde nicht weggeholt, weil man ihm weh tun wollte, Daniel wurde mir weggenommen, weil er ein besseres Leben verdient hat. Und klar ist, dass ich immer noch nicht weiss, wie man es ihm geben könnte, denn ich vergeude meine Zeit im imaginären Streit mit Vladimir, anstatt darüber nachzudenken, wie man Daniel finden kann.

Manchmal werden die Kinder auch misshandelt, vergewaltigt, zerstückelt, versklavt und zu pornographischen Zwecken missbraucht. Es könnte genauso gut sein, dass Daniel im Müll gelandet ist, stinkend verrottet, von Kakerlaken übersät und von Maden zerfressen. Vladimir, Vladimir, hörst du mich? Wo ist Daniel? Ich will nicht mehr atmen. Zur Hölle mit dir, Vladimir, verschwinde, aber gib mir meinen Sohn zurück. Oder lass mich verschwinden, Leben, mach, dass ich verschwinde!

Wir bestiegen das Flugzeug mit Nagore und Daniel auf dem Arm. Daniel war zwei Monate alt. Ich wollte nicht nach Hause. Ich weiss, dass Fran alles unternommen hat, um Nagore zu uns zu holen, obwohl ihre Grosseltern sie bei sich behalten wollten. Ich hatte Mexiko mit Daniel im Bauch verlassen, und es gab keine Möglichkeit für eine Rückkehr vor seiner Geburt. Nagore habe ich in der ganzen Zeit dort kaum gesehen, obwohl unsere Schlafzimmer nebeneinanderlagen und auf denselben Innenhof hinausgingen. Ich hatte Angst, ihr in die Augen zu schauen und Mitgefühl zu haben für die Trauer um den Verlust ihrer Eltern. Ich hatte Angst, die Trauer könnte sich auf mich übertragen, als handelte es sich um einen Virus. Bei Schwangeren besteht ständige Ansteckungsgefahr. Wir bestiegen das Flugzeug, und ich spürte die Angst, Nagore von nun an in meiner Obhut zu haben. Ich wusste nicht, was ich mit zwei Kindern anfangen sollte. Ich wollte niemals Mutter sein, Mutter zu sein ist die dümmste Idee, auf die eine Frau kommen kann.

Denkt man an die Zukunft, malt man sie sich in der Regel vorteilhaft aus. Jeder mag die Zukunft, weil sie verspricht, dass einem ab einem gewissen Moment die Dummheit abhandenkommt. Meine Zukunft existiert nicht, Daniel hat sie mitgenommen.

Du gehst nicht überall herum und fragst jeden: Wo ist Daniel? Was meinst du, wo er sein könnte? Aber denken tust du es die ganze Zeit. Wenn jemand vor mir steht, frage ich mich immer, ob dieser Person, wenn ich ihr den Hergang der Dinge noch mal genau schildern würde, ob ihr vielleicht ein Detail auffallen könnte, vielleicht etwas, dem ich bislang keine Beachtung geschenkt habe, damit das Gesamtbild sichtbar wird und ich herausfinde, wo er hingegangen ist, wer ihn mitgenommen hat … Im besten Fall begreift diese Person plötzlich etwas, was weder Fran noch die Polizei noch ich zuvor begriffen haben. Eine neue Person bietet immer die Möglichkeit einer neuen, verbesserten Antwort. Aber ich frage nie jemanden und stelle mir lieber vor, dass er zufrieden ist. Erinnert er sich an mich? Erinnert er sich noch an mich? Woran erinnert er sich, falls er sich an mich erinnert? Woran denkt er? Atme. Erinnert er sich an mich? An mich? Atme. Atmet Daniel noch?

Nagore hat eine sanfte Stimme, die ihr trotz des Älterwerdens erhalten geblieben ist. Als klammere sie sich an die Güte, obwohl sie einen Mörder zum Vater und eine tote Mutter hat. Nagore klammert sich ans Strahlen ihrer Augen, obwohl sie ohne Schutzengel auf die Welt gekommen ist. Sie hat sich daran festgeklammert, obwohl es ihr bestimmt war, ein Schatten zu sein: der Schatten ihrer Mutter, ihres Vaters, der Schatten von Fran, von Daniel. Nicht einmal ich habe sie wirklich gesehen, weil sie mit der Zeit für mich verblasst ist. Sie ist eine ganz gewöhnliche Frau, obwohl sie das genaue Gegenteil anstrebt.

Ich weiss, dass Fran seither mit keiner anderen Frau zusammen gewesen ist, auch wenn ich mir wünschte, es wäre so gewesen. Dass er mir Grund gäbe, ihn zu hassen. Nichts tut er. Er ist wie ein Baum. Ich weiss, dass Daniel ihn nicht vermisst. Ich weiss es, denn er hat es nicht verdient. Er hat es nicht verdient. Fran hätte ein guter Vater sein können. Ich habe ihm diese Chance gegeben und sie ihm genommen. Vielleicht hasst er mich, und sein Hass reicht für uns beide. Keiner von uns hat Daniel verdient.

Könnte das alles doch ein für alle Mal zu Ende gebracht werden. Durch ein Erdbeben, eine Bombe, einen Krieg, ein Gewehr, eine aufständische Meute, eine Giftspinne, den Einsturz eines zwanzigstöckigen Gebäudes, irgendeine Heldentat. Ich bin noch nie mutig gewesen, deshalb bin ich noch am Leben.

Fran zog sich Daniel auf den Schoss, und Daniel fasste ihm in die Augen, als wolle er sie ausstechen, aber seine Fingerchen waren so zart und wehrlos, dass sie Fran kaum störten. Daniel hatte die gleichen dunklen Augen wie ich, wenn er mir überhaupt in etwas ähnelte. Das kann ich mit Bestimmtheit sagen, ja, aber nicht etwa weil ich mich an sie erinnere, sondern weil die Fotos davon zeugen. Immer wieder fällt mir Daniels erstes Fieber ein, wie wir ins Krankenhaus gerast sind und Nagore zu Hause vergessen haben. Es muss ein schlechtes Omen für sie gewesen sein. Um sie zu trösten, nahm Fran sie auf den Schoss und versprach ihr, wir würden bald etwas zusammen unternehmen. Unter Tränen sagte Nagore Ja. Daniel starrte Nagore an, als wüsste er, dass wir seinetwegen etwas Schlimmes getan hatten. Sie küsste ihm sanft die Augen, bevor sie schlafen ging, und Daniel wollte sie an sich drücken und sabberte ihr übers ganze Gesicht. Das Leben bringt dich in Situationen, um die du nicht gebeten hast. Das Leben ist beschissen. Meistens tut Nagore mir leid, aber sie muss auch lernen, allein zurechtzukommen.

Nicht immer hasst man. Nicht immer ist einem nach Weinen zumute. Nur manchmal versetzt einem schon der geringste Anlass diesen Stich in die Eingeweide. Genau wie du an manchem Morgen denkst, dass alles besser wird, und an einem anderen nicht. Man verliert die Hoffnung und lebt mit einem flauen Gefühl im Bauch, das nichts mit der Verdauung zu tun hat. Ein Klumpen im Verdauungstrakt, eine Sperre, die dich nicht essen lässt, obwohl du hungrig bist, ein Riss, der dich nicht trinken lässt, weil es brennt. Nicht immer hasst man. Nicht immer ist einem nach Weinen zumute, manchmal lächelst du sogar, ohne es zu merken, oder lachst innerlich einfach los. Das ist am gefährlichsten, plötzlich loszulachen, denn die Freude reisst einem die grössten Löcher in Brust und Lunge, weshalb man sich ständig vorsagen muss: Atme, atme. Ein Schnellkochtopf, dessen Ventil sich nur um Millimeter bewegt, und schon verbrennt dich der Dampf. Kaum zu glauben, dass Dampf verbrennen kann, denn er ist kein Feuer, er ist nicht fest, aber er verbrennt, und so ist das mit dem innerlichen Lachen, ein Dampf, der sich beim Entweichen ausdehnt und verbrennt, und dann hasst du. Du hasst es, gegen deinen Willen zu lachen.

Iss, auch wenn das Essen verbrannt, geschmacklos oder schlampig zubereitet ist, iss, sagst du zu Nagore und willst der Stich in ihre Eingeweide sein. Warum spüre ich so viel und die anderen nicht? Was ist an ihnen so besonders? Welches Los haben sie gezogen, dass sie ein normales Leben haben? Iss, Undankbare, iss, das Gemüse, das ich in Würfelchen geschnitten habe, damit es so aussieht, als gäbe ich mir Mühe! Iss, damit ich nicht auffliege, iss und halt den Mund, und dann lass mich in Ruhe, möge dich jeder dieser faden Bissen schmerzen, möge dich jegliche Nahrung schmerzen, weine mit mir, weine und sei schwach wie ich. Nicht immer hasst man, Nagore, aber wir beide sind nah dran. Und ich liess ihren Teller auf dem Tisch stehen und zwang sie, aufzuessen bis zum letzten Bissen.

Wo geht Daniel an all den Morgen hin, an denen ich im Bett liegen bleibe und hoffe, dass die Zeit stehenbleibt und er nicht das verschwundene Kind ist? Wohin geht er, und wen sieht er an? Gibt es jemanden, zu dem er Mama sagt?

Nagore kam oft an meine Zimmertür und stand dort, bis ich sie fragte, was sie will. Nichts, sagte sie meistens. Manchmal brachte sie mir Obst. Iss, sagte sie zu mir. Oder sie bot mir an, mir das Haar zu bürsten, was ich ab und an zuliess, denn so blieb sie still und war beschäftigt. Ich wandte ihr zwar den Rücken zu, aber dennoch küsste sie mich immer mal aufs Haar. Einige Male hat sie mich auch auf die Wange geküsst, und ich habe sie dankbar getätschelt. Es gab sogar flüchtige Momente, in denen ich so tat, als würde ich ihr Aufmerksamkeit schenken, und sie fragte, wie ihr Tag gewesen war, und sie einen Wortschwall hervorbrachte, der gänzlich an mir vorbeiging. Ihre Stimme war ein fernes Geräusch, das zwar mein Interesse nicht weckte, aber die tiefe Stille meiner vor sich hin wabernden Tage durchbrach.

Falls du die Absicht hegst, mir eines Tages vorzuhalten, dass ich allein an allem schuld bin, dann tu das besser gleich, sagte ich zu Fran, doch Fran runzelte bloss die Stirn und schüttelte den Kopf. (Atme …) Ich bin schuld, ich hätte aufpassen sollen. Nein. (Atme. Atme.) Ich kam ihm entgegen: Ich habe ihn verloren, Fran. Nein. Ich habe ihn nicht wieder mit nach Hause gebracht. Hat ihn jemand anders mitgenommen? Was ist passiert, Fran? Was ist da vorgefallen? (Atme, atme, atme, atme.) Falls du die Absicht hegst, mir eines Tages … Und eines Tages war es so weit: Du hättest besser aufpassen sollen, sagte er zu mir. (Stich, bohrender Stich in die Eingeweide.) Und du hättest hier sein können, bei mir, hier, bei mir! Ich gab ihm eine Ohrfeige. Er schloss mich in die Arme. Nein, nein, nein. Ich drückte ihn weg und stiess ihn gegen die Wand. Er umarmte mich wieder, strich mir mit der Hand über den Kopf, als wäre ich ein Hund, und dann ging er. Wer weiss, welches innerlich an ihm zehrende Höllenfeuer er in Schach hielt. Dieses eine Mal, an dem er sich so, als Mensch, gezeigt hat, bleibt mir in Erinnerung, und es ist nie, nie wieder vorgekommen, bis zu dem Tag, an dem Nagore weg-ging.

Manchmal staute sich plötzlich das Blut in meiner Scham. Ich vermisste Frans stummen Orgasmus. Sein weisses Sperma auf meinen Beinen. Wie weit lag das zurück. Als gäbe es eine stille Übereinkunft zwischen uns, die besagt, dass für Eltern, die ihre Kinder verloren haben und sie nicht wiederfinden, das Begehren verboten ist.

Daniel konnte nachts nicht einschlafen, ohne dass Nagore ihm vorher ein Lied vorsang. Ich sass dabei und schaute zu. Nagore machte das gut. Sie streichelte Daniels Gesicht, strich ihm über die Braue und brachte ihn dazu, die Augen zu schliessen, während sie ihm etwas vorsummte. Hätte in diesem Moment jemand ein Foto von uns gemacht, hätte man meinen können, ich sei eine gute Mutter. Ich glaube, Nagore hat mich für eine gute Mutter gehalten. Aber warum habe ich dann meinen Sohn im Park alleingelassen und mich stattdessen lieber mit meinem Telefon befasst? Was für ein Witz von einer Mutter bin ich?

Vom vielen Herumgehen kriegt man Schwielen. Ich habe gemerkt, wie zart meine Füsse sind. Mir fehlen ein paar Kilos, aber Kleider, Menschen, Stunden hab ich im Überfluss. Wann wird mich der Drang überkommen, mich aus dem Fenster zu stürzen? Vielleicht sollte ich zugeben, dass die Traurigkeit mir entspricht, weil ich Egoistin bin.

Wie ist das also,
So plötzlich sich entwöhnen
Von sich selbst?
Vom Wechselspiel von Tag und Nacht?
Vom letztjährigen Schnee,
Vom Rot der Äpfel?
Von der Trauer um die Liebe,
Die nie reicht?

Wisława Szymborska
Fragment aus »Schweigeminute
für Ludwika Wawrzyńska«
Aus dem Polnischen
von Isabelle Vonlanthen

Leonel wäre besser nicht in unser Leben gekommen. Er hätte besser laut losheulen sollen, als es drauf ankam, und nicht erst später, als wir schon unterwegs waren. Ich war die Frau mit dem roten Schirm, die ins Taxi gestiegen ist, als im Park der Tumult losging. Natürlich hab ich ihn in die Arme genommen, als er geweint hat, aber er hat halt ziemlich viel geweint; Wochen später hat man uns gesagt, dass er Autismus hat und wahrscheinlich deshalb fast nichts mag. In dem Moment hab ich bereut, dass ich Mutter sein wollte.

Ich wollte Mutter von Rafaels Kindern sein, der damals, keine Ahnung, was ihm früher passiert ist, nie was gesagt hat, wenn ich ihn gefragt hab, so war er eben, was soll denn verdammt noch mal schon los sein, irgendwas ist doch, sag nicht nein, hab ich zu ihm gesagt, aber er hat nie gesagt, schau, das und das ist passiert, oder tut mir leid, aber ich weiss auch nicht, irgendwas halt, oder schau, wenn ich's dir erzähl, aber nichts, und ich glaub, auch wenn ich's nicht wahrhaben will, ich bin eine von diesen Frauen, die lieber mit dem Mann zusammen sind, obwohl er sie nicht liebt, und die immer sagen, morgen ist ein neuer Tag, wir werden's schon irgendwie hinkriegen; sehr optimistisch oder einfach ohne Plan; deshalb hab ich gedacht, wenn Leonel kommt, wird alles besser, aber man kann nicht alles unter den Teppich kehren, was faul ist, ist faul, nichts zu machen.

Und Fakt ist, dass ich immer eine Tochter haben wollte, ihr die Haare kämmen und Schleifchen machen, ihr diese Prinzessinnenkleidchen anziehen, wie sie die Mädchen auf Festen anhaben; sehen, dass sie meine Schuhe trägt, sich schminkt und die Haare macht, was weiss ich, mit Mädchen ist es einfach lustiger, aber dann hab ich gedacht, mit Leonel wär Rafa glücklicher, sie könnten zusammen Fussball spielen, kämpfen, Männersachen machen halt.

Du hast ihn entführt, bist du bescheuert?, hat er mich angeschrien, als ich nach Hause gekommen bin und den immer noch brüllenden Leonel an den Tisch gesetzt hab. Dann ist Rafa aufgestanden und hat mir eine Kopfnuss gegeben. Bist du krank, was hast du nur in deinem verdammten Schädel, du dämliche Schlampe? Aber ich hab so getan, als wär alles ganz normal. Ich hab gedacht, wir brauchen einfach Zeit, uns kennenzulernen, eine Familie entsteht nicht über Nacht. Der Autismus hat alles kaputtgemacht, entweder das, oder ich hab einfach kein gutes Händchen bei der Wahl meiner Männer fürs Leben. Bei der Männerwahl gibt's nämlich einiges zu beachten, zum Beispiel dass man sich gegenseitig respektiert, aber wir haben uns in der ersten Nacht, als Leonel bei uns zu Hause schlief, geprügelt, weil uns sein Verhalten zur Weissglut getrieben hat. Wir haben nicht gewusst, was mit ihm los ist, er hat sich auf den Boden geworfen, sich auf den Kopf geschlagen, und wenn wir ihn davon abhalten wollten, hat er sich mit Händen und Füssen gewehrt. Einmal hat er mir richtig weh getan, und ich hab ihn an den Haaren gezogen, aber das hat alles nur schlimmer gemacht, er hat geschrien wie am Spiess, als wollten wir ihn umbringen. Rafa ist ausgetickt, er hat die Tür zugeknallt und sich im Schlafzimmer verkrochen. Ich bin mit Leonel im Wohnzimmer geblieben. Und hab ihn gefragt, Leonel, Leonel, was hast du? Aber Leonel hat sich bloss die Hand in den Mund gesteckt, und der Rotz und die Tränen sind ihm nur so übers Gesicht gelaufen, bis er irgendwann endlich eingeschlafen ist. Mein Mund war mittlerweile völlig ausgetrocknet, und mein Bauch hat gebrannt, und ich wollte ihn lieber nicht vom Boden aufheben, deshalb hab ich eine Decke geholt und ihn damit zugedeckt, dann bin ich zu Rafael.

Als ich ins Zimmer gekommen bin, hat er sich auf den Bauch gedreht, damit er mich nicht anschauen muss. Verdammt, Rafael, wir müssen reden, aber Rafael hat nicht geantwortet, also hab ich an ihm gerüttelt. Rafael, lass uns reden, tu nicht so, als ob du schläfst, hab ich gesagt, aber er hat weiter so getan, bis er ausgerastet ist und gesagt hat, jetzt aber Schluss, er ist aufgesprungen und hat mich an den Haaren gepackt und gegen die Wand geschleudert. Aber ich hab mir nichts gefallen lassen, hab mich auf ihn geworfen und ihn gekratzt und gebissen. Mich schlägst du nicht, Wichser. Aber er hat mich weiter geschlagen: Du kranke, alte Schlampe, verdammte kranke Schlampe, hat er gesagt und auf mich eingetreten, und ich hab Aua, aua gesagt … Bis er es leid geworden ist und sich zum Schlafen aufs Sofa gelegt hat, damit er Leonel bewachen kann. Ich hab heulend im Bett gelegen und sie nicht aus den Augen gelassen, ich hatte Angst, dass Rafael Scheisse baut und ihn wegbringt, aber er hat ihn nicht weggebracht. Das Einzige, was ich bereue, ist, dass ich nicht gemerkt hab, dass der Junge Autismus hat.

Am nächsten Morgen hab ich Rafael zwei Spiegeleier mit Sauce auf den Tisch gestellt und ihn gefragt, wie er auf die Idee kommt, dass wir nicht normal wären. Ich denke, das hier ist normal, Rafael, wir haben's nur einfach nicht kapiert. Er hat mich böse angeschaut. Du glaubst, ich denk nicht nach, aber klar denk ich, ich denk nur nicht, was du willst, dass ich denke. Er hat die Eier runtergeschlungen und sich dann den Mund mit der Hand abgewischt, und bevor er aufgestanden ist, hat er mir mit dem Finger an die Stirn getippt. Du denkst nicht nach, du denkst einfach nicht nach, hat er gesagt. Tagelang bin ich sauer auf ihn gewesen, aber mit der Zeit hab ich gemerkt, dass ich genau dasselbe mit Leonel gemacht hab. Denk nach, du kleiner Scheisser, denk nach … Aber Leonel ist auf dem Stuhl hin- und hergerutscht, und wenn ich ihn zu sehr genervt hab, hat er seinen Kopf an die Wand geschlagen, damit ich ihn in Ruhe lass. Denk nach, du kleiner Scheisser, denk nach!, hab ich gesagt und ihm an die Stirn getippt.

Ich hab nach einer Erklärung für das Ganze gesucht und bin drauf gekommen, dass alles angefangen hat, als meine Cousinen Kinder gekriegt haben, mit einem Schlag waren die Häuser von meinen Tanten voll mit plärrenden Kindern. Erst bin ich sie nicht mehr besuchen gegangen, weiss auch nicht, ich habe mich unwohl gefühlt, aber dann hab ich Rafael kennengelernt, und im Monat drauf habe ich ihm gesagt, dass ich eine Tochter will und ob er sich das zutrauen würde, er sehe ja gut aus und sie würde sicherlich hübsch. Rafael hat losgelacht und mich von sich gestossen, red keinen Scheiss, ich glaub's dir sonst noch, hat er gesagt. Dann glaub es, ich mein's nämlich ernst. Er hat gesagt, dass er drüber nachdenkt, aber über gar nichts hat er nachgedacht. Und so hat er mich ein Jahr hingehalten.

Hast du drüber nachgedacht, was ich dir gesagt hab? Er wär immer noch dran, hat er gesagt und mich geküsst, damit ich den Mund halte. Oh, Rafa, ich mein es ernst, aber er hat nur gelacht und mich geküsst oder an mir rumgemacht. Und ich war sauer, hab's aber geschluckt, weil ich Angst hatte, ihn zu verlassen, und dass er mir dann nachstellt und mich nicht in Frieden lässt, wie's halt immer so geht, also hab ich beschlossen, einfach drauf zu warten, dass er irgendwann Ja sagt.

Wir waren ein Paar, haben uns aber am Anfang kaum gesehen, weil er unten im Süden der Stadt gearbeitet hat und erst spät nach Hause gekommen ist, freitags ist er mit seinen Kumpels saufen und Billard spielen gegangen. Erst hab ich gedacht, na gut, ist ja sein Leben, aber irgendwann bin ich es leid geworden und hab gefunden, der Wichser haut auf den Putz und macht sich ein schönes Leben und ich versauer zu Hause wie die letzte Idiotin. Also bin ich auch zum Billardspielen gegangen. Die ersten zwei Male hat er mir nur auf den Hintern geklatscht und gesagt, ich soll ab nach Hause, aber das dritte Mal ist er dann ausgerastet und hat mich aus der Bar geschleift. Was machst du schon wieder hier? Na, Billard spielen. Ab nach Hause, es ist schon spät. Von wegen spät, du bist ja auch hier. Überwachst du mich jetzt? Nein, ich möchte nur Spass haben, genau wie du. Wir sind dann zu ihm nach Hause. Seine Mutter hat uns Sopes* zum Abendessen gemacht. Er hat noch mal damit angefangen, dass ich nichts in Bars zu suchen hätte, warum denn nicht, hab ich gefragt, darum, hat er geantwortet. Ich hab gelacht, und er ist ausgerastet. Er hat den Stuhl neben sich umgeschmissen und gesagt, ich soll ihn nicht provozieren, ich hab gesagt, von wegen, er soll sich nicht so aufspielen, und da hat er auf den Tisch geschlagen. Ich hab drauf gewartet, dass seine Mutter was sagt, aber sie hat nichts gesagt, uns nur aus den Augenwinkeln angeschaut und so getan, als hätte sie nichts gehört. Du rührst mich nicht an, Rafael, weil ich dich sonst anzeige, hab ich gesagt. Aber er tut dir doch gar nichts!, hat die Señora zu mir gesagt, er hat auf den Tisch geschlagen, erfinde nicht irgendwelche Sachen, hat sie gesagt. Komm schon, Rafael, jetzt bring sie nach Hause. Ich hab gesagt, nein, ich geh allein, aber Rafael hat sich die Jacke angezogen und ist mit mir raus. Vor meiner Mutter provozierst du mich nicht, hat er gesagt und

* Maistortillas. *(Alle Anmerkungen von der Übersetzerin)*

mich auf die Strasse gezerrt. Dann schlepp mich erst gar nicht hierher. Du hältst dich wohl für besonders schlau, hat er gesagt, und ich, nein, schlau nicht, aber auch nicht für verblödet, und wenn ich dir dermassen lästig bin, dann fahr zur Hölle, Rafael, und steck dir den verdammten Billardstock in den Arsch. Ich hab mich losgerissen, die Beine haben mir gezittert, und bin weitermarschiert, ohne mich umzudrehen, aber er hat mich eingeholt, und dann hab ich nur noch gespürt, wie er mich mit der Schulter gegen die Wand stösst. Mein ganzer Körper hat gebrannt vor Wut, aber ich hab nicht gewusst, wie ich reagieren soll. Er hat gesagt, alles gut, und ist ganz nah an mich rangekommen, und ich hab geglaubt, jetzt schlägt er mir ins Gesicht, und ich küss ihn besser, damit er sich abregt, und er ist drauf eingestiegen. Wir haben angefangen, uns zu küssen, und ich hab gespürt, wie er seinen steinharten Penis an meinen Bauch reibt. Er hat mich geküsst und an mir rumgefummelt, dann hat er mir in die Bluse gefasst und mir in die Brustwarze gekniffen, ich hab gespürt, wie es immer heisser geworden ist zwischen meinen Beinen. Es war das schönste Gefühl, das ich in meinem ganzen Leben hatte. Dann hat er mir den Rock hochgeschoben und gesagt, er würde mir jetzt sofort hier auf der Stelle meine Tochter machen, und ich hab gespürt, dass ich ihn mehr liebe als sonst jemanden auf der Welt, und ich hab ihn geküsst wie verrückt, aber wir haben gar nichts gemacht, weil ich gesagt hab, ich hätte meine Tage, und dann hat er mich nur noch komisch angeschaut, als würd er's nicht ganz glauben, sich die Klamotten zurechtgezupft und mich nach Hause gebracht.

Er hat mich auch nie fest geschlagen, weil er gemeint hat, sie stecken einen schon wegen dem kleinsten blauen Fleck in den Knast, aber irgendwann hat er rausgefunden, dass ich nie Flecken an den Brüsten krieg. Also hat er mich dorthin geschlagen, ich prügel die Luft aus ihnen raus, hat er gesagt, und ich hab mich gewehrt, aber er hat's trotzdem geschafft. Ich dresch sie platt, dann kannst du nichts mehr damit anfangen, und ich hatte Angst, er macht Ernst und ich könnte meine Babys nicht mehr stillen. Rafael hat gelacht, und ich weiss auch nicht, wieso, aber irgendwie haben wir uns immer wieder zusammengerauft.

Das Problem ist, ich hab wirklich geglaubt, mit Leonel im Haus wären diese schlimmen Zeiten vorbei, man lernt ja, Mutter zu sein, indem man es ist, und auch wenn ich fast wahnsinnig geworden bin, wenn Leonel sich so unmöglich aufgeführt hat, hab ich gedacht, kein Wunder, dass er fremdelt, er kennt mich ja kaum. Aber die Lage ist nicht besser geworden, ich hab mich noch einsamer gefühlt als ohne Leonel, weil Rafael ist noch später nach Hause gekommen als sonst, und ich hab mir die Hacken abgerannt, hab auf der einen Seite auf Leonel aufgepasst, der an guten Tagen stundenlang am Tisch mit den Löffeln spielen konnte und dabei dauernd Ore, ore, ore gebrabbelt hat, und hab mich auf der andern Seite um die Bestellungen für die Geleebonbons und Schokolutscher gekümmert, die ich an Läden verkaufte. Es gab überhaupt keine Verschnaufpause für mich, keine Tochter, die ich umarmen oder mit der ich hätte plaudern können, nur Leonel, der sich die Hosen vollgekackt hat, und Rafael, der nur nach Hause gekommen ist, um mir noch mehr Scheisse anzuhängen.

Also, warum ich überhaupt bei Rafael geblieben bin, weiss ich auch nicht. Wir hatten unsere Momente, vor ihm hatte ich keine Ahnung gehabt, als er angefangen hat, an mir rumzufummeln, hat's mir gefallen, und ich hab gespürt, dass wir uns nah waren: Das erste Mal haben wir's in seinem Zimmer gemacht, erst haben wir uns geküsst, und es hat mir gefallen, dass er an meinen Brustwarzen lutscht, ich hab die Augen zugemacht, damit ich nicht seh, ob er merkt, wie sehr es mir gefällt, und während er mir die Brüste gelutscht hat, hat er weiter unten Hand angelegt. Vor lauter Rumfingerei an meiner Unterhose ist sie eingerissen, und da war schnell ein Loch. Das hat ihn wahnsinnig heissgemacht. Er ist mit dem Finger noch tiefer rein, hat mich angeschaut und gesagt, dass ich feucht bin. Ich hab nicht gewusst, ob das gut oder schlecht ist, also hab ich ihn geküsst.

Immer wenn ich nicht gewusst hab, was ich machen soll, hab ich ihn geküsst. Dann hat er das Loch einfach weiter aufgerissen und ist in mich eingedrungen, ziemlich schnell, weil ich glaub, wenn er mich um Erlaubnis gefragt hätte, hätte ich ihn nicht gelassen, denn es hat mir sehr weh getan. Dann hat er sich bewegt und gefragt, ob es mir weh tut, ich hab Nein gesagt, weil ich hatte Angst, dass er dann rausgeht und es mir wieder weh tut. Darauf hat er sich schneller bewegt, und ich bin einfach nur liegen geblieben und hab zugeschaut, wie er sich mit geschlossenen Augen auf mir bewegt hat. Machst du mir meine Tochter?, hab ich ihn gefragt, und er hat die Augen aufgemacht und gegrinst.

Er hat sie mir nicht gemacht, kurz bevor er gekommen ist, hat er ihn rausgezogen und mir den ganzen Samen auf den Bauch gespritzt. Dann hat er sich neben mich gelegt und gesagt, ich soll mich mit dem Laken abwischen. Das hab ich getan, ich war noch ziemlich verdattert, weil ich auch beinah gekommen wär, aber ich hab nichts gesagt, ich war einfach nur traurig, dass er mir keine Tochter machen wollte, ich hab nämlich gedacht, darum schläft man ja mit einem Mann, um Kinder zu machen. Aber von dem Tag an hab ich ihm ständig gesagt, dass er ihn mir reinstecken soll, und das hat ihn richtig heissgemacht, und wir haben es überall getrieben. Was auch stimmt: In der Zeit haben wir uns überhaupt nicht geschlagen, es war so was wie unsere glückliche Zeit, hätte nur noch gefehlt, dass er mir meine Tochter macht.

Daran musste ich also denken, wenn ich Leonel so leiden gesehen hab, es wär so einfach gewesen, wenn Rafael sich einen Ruck gegeben und mir meine Tochter gemacht hätte, dann wär von allem, was passiert ist, nichts passiert. Ich hab mir gesagt, wenn ich mich an was gewöhnt hab, das mir am Anfang nicht gefallen hat, wird sich auch Leonel dran gewöhnen, und ich denk, er hat sich dran gewöhnt, hat zwar geweint, aber weniger, hat sich zwar auf den Kopf geschlagen, aber weniger, wirklich, sogar Rafael hat es gemerkt und auf einmal gefragt, wie unser Tag war, ob ich ihn schon gebadet hätte und gut gefüttert.

Du wolltest Mutter sein, dann sei eine gute Mutter, auch wenn der Junge ein Schwachkopf ist, hat er zu mir gesagt. Er ist kein Schwachkopf, sei nicht so ein Idiot. Und mit Idiot hab ich gemeint, er muss ja wohl merken, dass ich Leonel in unser Leben gebracht hab, damit wir eine Familie sind, damit er ihn liebt, damit auch er sich um ihn kümmert und dass vielleicht, ja, ganz vielleicht Leonels Autismus die Strafe dafür war, dass er mir keine Tochter gemacht hat, was so einfach gewesen wär … Aber ich hab mich nicht getraut, das zu sagen, weil Leonel nervös geworden ist, wenn er uns schreien gehört hat, und er hat sich geschlagen, wenn wir uns geschlagen haben, dann hat es ewig gedauert, ihn zu beruhigen, und ich musste nicht nur die Schläge von Rafael einstecken, sondern auch die Tretanfälle des Jungen. Natürlich hab ich mich nachher gerächt, ihn mit irgendwas auf die Palme gebracht, hab ihm kaltes Essen hingestellt oder in seinen Teller gespuckt, wenn er nicht geschaut hat, oder beim Abwaschen laut mit dem Geschirr geklappert, so was halt; wenn ich keinen Frieden hatte, sollte er auch keinen haben. Tatsache ist, ich hatte schon vorher gehört, dass er ein kleines Arschloch ist, aber, warum es abstreiten?, wir mögen ja solche Arschlöcher. Ich weiss nicht, wer uns einbläut, auf welchen Typ Mann wir Frauen stehen sollen, ob's vom Fernsehen kommt oder sonst woher, aber ich hab immer auf die Jungs gestanden, die auf der Strasse die coolen Macker markieren und einem dann zu Hause nachhecheln wie die Hündchen, das gibt mir ein Gefühl von Macht. Draussen ein Bengel und drinnen mein Schwengel, haben wir Freundinnen dazu gesagt und gelacht, weil sie immer angeschlichen kamen wie die begossenen Pudel, wenn sie mit uns schlafen wollten.

Das mit Rafael hatte ich schon von Sofía gehört, mit der er auf der Sekundarschule war, aber ich hab gedacht, er ist sicher nicht so ein Brutalo, wie sie behauptet, sie sagt das bloss, weil sie sauer auf ihn ist. Allerdings hab ich auch gehört, dass Ana mal schwanger von Rafa gewesen ist, aber sie haben es wegmachen lassen, und deshalb ist sie auch abgehauen von hier. Ich hab da nicht viel drauf gegeben, man weiss ja, schwangere Mädchen werden gepäppelt, also besser das Kind kriegen und sich vom Mann und von den Eltern durchfüttern lassen, als auf der Strasse als die angesehen zu werden, die abgetrieben hat. Jedenfalls hab ich's nicht geglaubt, es hat mich auch nicht besonders interessiert, ich war ja mit ihm zusammen, wenn ich Lust auf ihn hatte, war er zur Stelle, zu mir ist er ins Bett gekrochen. Ich hab es gemocht, wenn er an meiner Seite war: gross und stark, und wenn seine Freunde irgendwelche Sprüche geklopft haben, hat er ihnen gezeigt, was Sache ist, und wenn wir dann allein waren, hat er mir lauter nettes Zeug gesagt. Mit der Zeit hab ich allerdings Lust gekriegt, mal bei Anas Familie nachzuhaken, ob das mit Rafael stimmt. Warum hat er es mit ihr ungeschützt getrieben und bei mir die ganze Zeit nicht? Wenn jemand sein Sperma verdient hat, dann war das ich.

Vielleicht war er doch einfach ein Arschloch, ich hab nämlich auch gehört, er wär zwei- oder dreimal dabei gesehen worden, wie er, zusammen mit zwei anderen, ich glaub mit dem Tuercas, Frauen auf der Strasse die Handtaschen weggerissen hat. Ich hab mich dafür geschämt, weil wir hatten zwar nicht viel, aber für Essen hat es immer gereicht, was muss er da noch woanders rumsuchen? Ich war hin- und hergerissen, einerseits ist es mir peinlich gewesen, aber andererseits war ich auch stolz, dass man weiss, der lässt sich nichts gefallen, dass man Angst vor ihm hat, dass sich niemand mit mir anlegt, weil klar ist, dass er mich beschützt, hab ich zumindest gedacht.

Und deshalb bin ich, obwohl ich in den ersten Tagen eine Heidenangst davor hatte, mit Leonel auf die Strasse zu gehen und dass mich jemand verpfeift, trotzdem raus, am Anfang nur kurz, bloss um Tortillas oder Milch zu holen, und wenn sie mir gesagt haben, und was noch, hab ich gesagt, wie was noch, mach hin, gib mir meine Tortillas, ich hab noch eine Bestellung Geleefrüchte fertigzumachen und das geht nicht mit leerem Magen, und sie haben mich schräg angeschaut, mir aber meine Tortillas gegeben, weil ich hab gezahlt und nicht gesagt, ich bring das Geld in zwei Wochen vorbei oder morgen, wenn die nächste Zahlung fällig ist, nein, sofort und bar auf die Hand, ich bin immer eine gute Kundin gewesen. Das und Rafael haben mir ein sicheres Gefühl gegeben, was konnte mir schon passieren. Allerdings, einfach in den Bus steigen oder grössere Strecken, das lag nicht drin, weil erstens wollte ich nicht, dass meine Mutter und meine Tanten Wind davon bekommen, und dann hat mir Rafael gesagt, ich soll nicht so blöd sein, sondern vorsichtig, er würde sich grosse Sorgen machen, und deshalb bin ich ein paar Tage zu Hause geblieben, weil ich Angst hatte, dass er die Nerven verliert und mich zur Polizei schleppt. Das hat er nicht gemacht, ich denk, weil an dem Abend, als ich mit Leonel nach Hause gekommen bin, hat er mir ein paar blaue Flecken verpasst, und ich hatte eine Schramme von seinem Stiefel im Gesicht, vielleicht hätte er mich anschwärzen wollen und wär am Ende selbst im Kittchen gelandet, wer weiss. Ein paar Wochen später ist dann irgendwann seine Mutter aufgetaucht, mit Kleidern für Leonel, mit Windeln und ein paar Tüten Reis. Sie hätte gehört, dass man Autismus kriegt, wenn man Sachen mit Farbstoff isst, deshalb sollte ich ihm nur weisse Sachen kochen. Sie hat sich Leonel geschnappt, ihm ins Gesicht geschaut und gesagt, ja, er hat diesen leeren Blick, sabbert er? Ich hab den Kopf geschüttelt. Dann hat sie in die Tasche gegriffen und mir Geld gegeben. Ich hab es wortlos genommen. Sie hat geseufzt und gesagt, sie würde allen erzählen, es wär das Kind von ihrer Nichte Rosario aus Morelia, das Mädchen wär in die Vereinigten Staaten abgehauen, und ich, die ich ja nicht zum Kinderkriegen tauge, hätte es behalten wollen. Ich hab genickt, war aber wütend, weil die blöde Kuh überall verbreiten muss, dass ich nichts tauge. Es ist ihr verdammter Sohn, den man mal überholen müsste, es kommt nur saure Milch raus, und manchmal funktioniert sein Schwanz nicht. Sie hat mich nur böse angeguckt und ist gegangen. Ich hab ganz ruhig durchgeatmet, weil mir klargeworden ist, dass ich ab sofort mit meinem Sohn rausgehen kann, ohne mich zu schämen oder rumzudrucksen. Also bin ich am nächsten Tag mit ihm zum Arzt, wo sie mir bestätigt haben, dass die Schwiegermutter recht hat und das mit seinem Autismus stimmt.

Dass ich vor Rafael keinen Freund hatte, heisst nicht, ich hätte nicht gewollt, ich hab schon gemerkt, wie die Jungs mir auf der Strasse nachschauen, aber sie sind mir alle vorgekommen wie totale Idioten. Sie haben keinen Satz rausgebracht, sind gleich nervös geworden oder haben noch an Mamas Rockzipfel gehangen. So jemand wollte ich nicht, ich wollte einen Freund, mit dem ich mich stolz auf der Strasse zeigen kann, der anders ist als die anderen. Und wodurch konnte sich so ein Junge von all den Pennern aus meinem Viertel abheben? Dass er eben ein Arschloch ist, soweit ich weiss, hat keiner von denen die Schule fertiggemacht, der Tuercas war wohl mal auf dem Polytechnikum, hat aber lieber Mist gebaut und ist *porro* geworden, Schülerspitzel, es hat, glaub ich, sogar geheissen, er wird von der Regierung bezahlt, steht da auf der Gehaltsliste und alles. Wer weiss, mir haben jedenfalls seine abstehenden Haare nicht gefallen und dass er sich nie die Zähne putzt und so ein Weichei ist. Ich hab Rafael dann mal gefragt, warum der Tuercas eigentlich Tuercas heisst, warum Nüsse, wo er doch so ein Schlappschwanz ist? Ah, weil er mal helfen sollte, ein Auto zu knacken, und da ist er mit einer Ratsche und einem Satz Stecknüsse gekommen, der Idiot. Und wir haben gelacht, verdammter

Tuercas, nicht nur ein Weichei, sondern auch noch dumm wie Brot.

Und was ist dann an Rafael so besonders gewesen? Rafael war der grosse, gutaussehende Typ mit den graden Zähnen, und jeden Tag ein sauberes Hemd. Er ist auch der Erste gewesen, der mich mit Zunge geküsst hat. Ah, der weiss, was er will, hab ich gedacht, und wenn er mich will, na, dann bin ich dabei. Hätte ich was anderes gewollt? Vielleicht schon, aber woher kriegen? Ich bin ja nicht blöd, ich weiss ja, dass man anderswo schräg angeschaut wird: Wenn du keine Markenklamotten anhast, bist du niemand; wenn du kein Auto hast, bist du niemand; hast du ein Auto, aber nicht den allerneusten Schlitten, schlecht. Zum einen sagen sie dir, streng dich an, sieh zu, dass du deine Rasse weiterbringst, nicht arm bleibst, aber sobald du das tust, bist du die Streberin, die verdammte Aufsteigerin, die sich für ihre eigenen Leute schämt, bleibst du aber da, wo sie meinen, dass du hingehörst, dann, ja dann bist du natürlich die Indiofrau, die Quesadilla-Tante, die Gemüsehändlerin, die Totonakin*. Und wenn du dann auch noch braun bist, hast du verschissen, dann bleibst du unten, und es wird auf dir rumgetrampelt, so ist das im Leben. Das ging mir jedes Mal durch den Kopf, wenn ich wütend auf Rafael gewesen bin, aber wenn nicht mit ihm, wenn nicht hier, wo dann?

* Totonaken: indigenes Volk in Zentralmexiko.

Und mehr als einmal hab ich mir gesagt, weder mit ihm noch hier, schauen wir doch mal, was da sonst noch so ist … Bevor wir zusammengezogen sind, war ich kurz davor, Rafael zu verlassen. Ich hab es sogar meiner Cousine erzählt, aber die war auch nicht die beste Gesprächspartnerin, sie hatte schon eine Tochter und ist selbst zu Hause versauert. Als wär das ganze Leben aus ihr verschwunden, als wär ihr Funke erloschen, voll Psycho. Na, wenn du ihn nicht liebst, verlass ihn, es ist die Hölle, mit ihnen zu leben und ihre verdammten Bälger zu hüten, hat sie mir völlig abgelöscht gesagt. Aber ich hab gedacht, die hat sie nicht alle, wieso verdammte Bälger? Ich bin dermassen scharf drauf, eine Tochter zu haben, und die beklagt sich. Da hab ich gemerkt, dass niemand das hat, was er will, deshalb bin ich bei Rafael geblieben, wozu noch weiter rumsuchen?

Das grosse Aber bei Rafael war, dass wir zwar gefickt und gefickt haben, er aber nie in mir gekommen ist. So wirst du mir keine Tochter machen, hab ich zu ihm gesagt, und er hat mich angeschnauzt, er hätte jetzt grad noch was Geschäftliches am Laufen und danach würde er mir die coolste Tochter machen. Aber von wegen coole Tochter und von wegen geniales Geschäft, alles nur Gelaber. Und da hat meine Cousine gesagt, ich soll doch nicht drum betteln, wie idiotisch muss man sein, um einen Idioten zu bitten, verdammt noch mal geschwängert zu werden. Sag ihm, dass es dich heissmacht, wenn er sein Sperma in dich spritzt, oder lutsch es aus ihm raus, behalt's im Mund, und drück's dir nachher mit einer Spritze rein, du wärst ja bescheuert, ehrlich. Und mich hat das wirklich angestachelt, einmal hab ich's versucht, ich hab ihn gefragt, was muss ich tun, um so loszustöhnen wie die Frauen in den Pornos? Heisst das, du kommst gar nicht, Mädel? Und ich hab Nein gesagt. Und dann ist es losgegangen, er hat mich geküsst, mich angefasst und sich irgendwann nur noch auf unten konzentriert, ein Finger, zwei Finger, erst ganz zart und kaum zu spüren, und dann hab ich angefangen das Becken rauf und runter zu bewegen, das kam ganz von selbst, und dann hat er aufgehört. Mach weiter, hab ich gesagt, und er ist in mich reingekommen und hat es mir besorgt, aber richtig fest, und ich hab mich gefühlt, als hätte man einen Schalter in mir umgelegt, und ich hab gesagt, ja, fester, und er hat weitergemacht, und ich hab angefangen zu schreien, und er hat mir den Mund zugehalten, weil wir zu Hause bei seiner Mutter waren und er nicht wollte, dass man uns hört. Und dann hab ich so was wie Krämpfe in den Füssen gekriegt, und dann ist die ganze Kraft aus mir raus, und ich hab mich nur noch an ihn geklammert. Und da hab ich gemerkt, dass er gleichzeitig auch gekommen ist und dass er ihn nicht rausgezogen hat, und ich musste fast weinen vor lauter Freude. Weil ich gedacht hab, wir würden jetzt wirklich versuchen, meine Tochter zu machen, und ich hatte vergessen, dass ich ein paar Tage vorher nichts mehr von ihm wissen wollte, und zwei Wochen später hab ich gesagt, dass wir zusammenziehen sollen, und er hat Ja gesagt, warum nicht, sobald das mit dem Geschäft erledigt ist, aber dann ist das mit meinem Bruder passiert, und ich hab ihm die Pistole auf die Brust gesetzt, entweder wir ziehen jetzt zusammen oder nie. Dann sind wir in das Haus mit den Höfen gezogen, in das dann Leonel gekommen ist.

Das Haus war klein, ja, und es war runtergekommen, das auch, aber es hat mir gefallen, weil vorn und hinten zwei grosse Höfe waren. Ich konnte draussen die Wäsche aufhängen, und am Mittag war sie trocken, ich konnte vorne was anpflanzen und Blumentöpfe aufstellen, das hat mir gefallen. Ich fand auch die Einbauküche toll, mit Backofen und Dunstabzugshaube, der reinste Luxus, vor allem für mich, die ich sie die ganze Zeit benutzte. Der Herd war alles andere als neu, es haben sogar zwei Platten gefehlt, aber immerhin besser als nichts, und, wie gesagt, ich denk immer, man muss es nehmen, wie es kommt, es kommt eh immer, wie es will.

Das Haus war zwar klein, und obwohl ich keinen Putzfimmel hab, mag ich's, wenn alles sauber ist, und als Leonel gekommen ist, war das Problem, dass er alles schmutzig gemacht hat, entweder hat er die Wände beschmiert oder sich ständig in die Hose gepisst und gekackt. Es war nervig, den ganzen Tag rund um die Uhr hinter ihm herzuputzen. Wenn du in der Scheisse leben willst, dann nur zu, hab ich gesagt, und er in diesem Schaukelstühlchen hat nur sein ewiges Ore, ore … gesagt, sich die Finger in den Mund gesteckt, an den Lippen gezuppelt und weitergeschaukelt. Du und dein verdammtes Ore, hab ich einmal gesagt, ich hatte ihm grade die Kacke abgewischt, und er hat sich, wer weiss wie, an den Hintern gefasst und sich die eingesauten Finger in den Mund gesteckt. Ich bin abgegangen, als hätte man mir Chili in den Arsch geblasen. Hör auf mit deinem verschissenen Ore, ore, hab ich gesagt und ihn an den Haaren unter die kalte Dusche gezerrt, und er hat losgebrüllt: ore tita ore ore ore tita tita tita oreeee … Er hat geheult und um sich geschaut, als würde er nach jemand suchen, und beinah wär er an seinem Rotz und dem Wasser erstickt, ganz ausser Rand und Band war er und hat mit seinen verzweifelten Händchen an meinen Haaren gezogen, und ich hab mich wie eine verdammte Schlampe gefühlt. Und da hat es mir gedämmert, dass er mit jemandem spricht und irgendwas tief in ihm drinnen mich als Schlampe, als Arschloch oder sonst was beschimpft, und dass er laut drum fleht, dass diese verdammte Ore endlich auftaucht, und ich war sehr eifersüchtig und sehr traurig, und ich bin unter die Dusche, um ihn anständig zu baden, und hab sein samtweiches Babyhaar gestreichelt, ich hab nichts gesagt und ihn einfach nur in die Arme geschlossen, aber innerlich wollte ich ihn um Verzeihung bitten für den ganzen Mist, den ich ihm angetan hab.

An dem Tag ist Leonel früh eingeschlafen. Ich hab ihn in die Wiege gelegt, die ich ihm gekauft hatte, und hab ihn lang angeschaut. Leonel ist ein sehr hübsches Kind gewesen. Als ich ihn mitgenommen hab, muss er wohl zwei oder drei Jahre alt gewesen sein, er hat immer noch sein pausbäckiges Gesichtchen gehabt, die grossen Augen, die langen gebogenen Wimpern und die kleinen Händchen. Ich glaub, als ich ihn so hab liegen sehen, hab ich mich wieder in ihn verliebt, denn eins ist mal klar, weder Rafaels beste Gene noch meine hätten zusammen eine Tochter zustande gebracht, die so schön gewesen wär wie Leonel.

Und ich hab das Haus angeschaut, so klein, so wenig schön, so runtergerockt, aber mein Haus, meins. Und ich hab es umso mehr geschätzt, weil ich mit Rafael auch darum streiten musste. Erst mal hab ich ihm gesagt, wir werden zusammenziehen, aber bestimmt nicht ins Haus seiner Mutter. Er ist richtig wütend geworden, warum denn nicht, hat er gefragt und war angepisst, und dann, dass er die oberen zwei Zimmer ausgebaut hat, damit … Ja, die beiden Zimmer waren süss, gut geschnitten, aber ich zieh da nicht ein, weil erstens hast du mich nicht gefragt, hab ich gesagt, und ausserdem, wie kommst du drauf, dass ich ins Haus deiner Mutter zieh? Einen Scheiss würd er mich fragen müssen, weil es wär sein Geld und sein Haus und, klar, seine Mutter. Ah, wenn es dein Geld ist, dein Haus und deine Mutter, dann bleib doch da, weil mich als Made im Haus deiner verdammten Mutter einnisten, nein, nicht mit mir. Etwas mehr Respekt vor meiner Mutter, hat er gesagt, und die Faust war schon zum Zuschlagen geballt. Und was ich gemacht hab, ich hab mich vor ihn hingepflanzt und gesagt, na los, schlag mich, Idiot, schlag mich wegen deiner Mutter, und ich geh sofort hin und knöpf sie mir vor, und wenn sie mich fragt, warum, sag ich, weil ihr verdammter Sohn mich schlägt und sie sich einen Scheiss drum schert, darum schlag ich jetzt auch. Da hat er die Faust sinken lassen und gesagt, ah, was für ein verdammtes Arschloch du bist, und ich, wo ich schon gedacht hab, ich müsste mich jetzt mit der Schwiegermutter prügeln, erleichtert, ach, dann sind wir ja schon zwei. Und da hab ich ihm dann von dem Häuschen mit den Höfen erzählt, dass es nah an der Bushaltestelle ist und ich von dort zu Fuss zu dem einen Laden gehen kann, dem ich meine Geleefrüchte verkauf, und er hat schon fast aufgegeben und gesagt, na schön, aber dass ich dann die Miete zahl, weil er kein Geld hat und nichts zahlen will, wo er hier zwei eigene Zimmer leer stehen hat. Und ich hab Ja gesagt, darum kümmer ich mich, und er hat nur genickt, und wir sind in dieses Häuschen gezogen.

Aber noch bevor wir eingezogen sind, alles schon gepackt und bereit, hab ich so leichte Zweifel gekriegt, willst du wirklich jeden Tag rund um die Uhr diesen Idioten im Haus haben? Aber die Sache mit meinem Bruder hatte mich ziemlich mitgenommen, und deshalb hab ich mir gesagt, ja, ich will. Ausserdem hab ich Rafael vertraut, unsere Art zu ficken, die Art, wie er mich vor lauter Lust zum Schreien bringt, das war nicht einfach irgendwas, wir müssen so was wie eine spezielle Verbindung haben, etwas, was übers Ficken hinausgeht, hab ich gedacht. Und ich hab mit meinen Cousinen drüber geredet, und sie haben gesagt, von wegen, und ich würde mir ja ganz schön was einbilden, wer dermassen prahlt, hat meistens nur wenig zu prahlen, aber ich hab gemeint, wenn sie sich da mal nicht täuschen, und wir haben uns scheckiggelacht. Und wie sie es denn machen würden? Und sie haben wieder losgegackert und gesagt, sie würden mittlerweile nur noch die Beine breit machen, damit ihre Männer nicht ausserhalb rumvögeln. Da hab ich mir erst recht was eingebildet und gedacht, dass das mit Rafael und mir was Magisches sein muss und dass ich ein Glückspilz bin.

Aber das Glück hat nicht lang gehalten, weil Ficken ist nicht für die Ewigkeit, man isst, trinkt, rackert sich den Arsch ab, ich zum Beispiel, was hab ich geschuftet und schufte noch: Jeden Tag, jeden, ob krank oder nicht, mach ich Geleebonbons, Kuchen und Lutscher. Arbeit gibt's immer genug, nur das Geld langt nie ganz hin. Trotzdem ist es eigentlich gut gelaufen für uns, bei mir sind genügend Aufträge reingekommen, er hatte Arbeit und war sogar krankenversichert. Was hat denn da noch gefehlt, um eine Familie zu gründen, um mir zu geben, was ich brauch?

»Los, mach mir jetzt meine Tochter, worauf wartest du noch?«

»Warum hast du es denn so verdammt eilig? Siehst du nicht, dass ein Baby dir nur die Zeit stehlen wird? Du wirst gar nichts mehr machen können.«

»Was soll ich denn schon machen?«

»Na, was du eben so machst.«

»Nein, mach mir meine Tochter, du bist einverstanden gewesen, du hast gesagt, dass du mir meine Tochter machst.«

»Einen Teufel werd ich tun.«

»Verdammter Scheisslügner«, hab ich gesagt und mich auf ihn gestürzt, und weil er nicht drauf vorbereitet war, hab ich ihn umgeschmissen.

Sein Ding war's, mich an den Haaren zu ziehen, hat mich einfach an den Haaren gepackt und rumgeschleudert, mich am gepackten Schopf rangezogen und zugetreten, wie man einen Ball in die Luft kickt. Er hat mir auch in den Bauch getreten und mir ins

Gesicht geschlagen, und auf die Brüste. Da konnte ich schreien und kratzen, so viel ich wollte, er hat immer gewonnen. Das eine Mal hat er mir zum Beispiel ins Gesicht geschlagen, ich hab nur noch gemerkt, dass mir schwindlig wird, und dann bin ich zusammengeklappt. Als ich die Augen aufgemacht hab, hab ich auf dem Boden gelegen, und er hat versucht, mich hochzuheben. Dann hat er mich aufs Sofa gelegt und Rotz und Wasser geheult.

»Und jetzt?«, hab ich gefragt. »Heulst du, weil du nicht weisst, wie du mir sagen sollst, dass du unfruchtbar bist?«

Rafa hat nur gelacht und sich den Rotz abgewischt. »Dumme Kuh.«

»Vollidiot.« Ich bin ganz vorsichtig aufgestanden und hab mich im Spiegel angeschaut. Ich hatte ein rotes Auge und einen geschwollenen Wangenknochen. »Verdammtes Tier.«

Aber Rafael hat sich nur den restlichen Rotz aus dem Gesicht gewischt, die Hände an der Hose abgeputzt und sich fertiggemacht zum Gehen. Wir waren beide ziemliche Hitzköpfe. Er hat die Tür hinter sich zugeknallt und war weg. Ich wollte auch weg, das war sonnenklar, ich wollte nur noch meine Sachen schnappen und ihn nie wiedersehen. Keine Ahnung, was mich geritten hat, dass ich dageblieben bin.

Und als Leonel dann da war, hab ich versucht, weniger zu streiten. Das Herumgebrülle und Geprügel hat Leonel wirklich schlecht vertragen. Es war kaum mit anzusehen. Warum muss man da auch noch die Kinder mit reinziehen? Ich hab Rafael immer noch weiter getriezt, es war, als hätte der Hass uns zusammengeschweisst, aber sobald Leonel wach war, hab ich besser den Mund gehalten. Vielleicht meint man das, wenn man sagt, dass man alles für die Kinder tut: dass man aufhört, sich gegenseitig zu zerstören, was weiss ich.

Denn was ich wirklich wollte, war eine Familie, und ich war bereit, meinen Teil dazu beizutragen, an mir sollte es nicht liegen. Du hast dich da reingeritten, du badest die Sache jetzt auch aus, war Rafaels Rede. Ich hab also versucht, das Haus zu einem Heim zu machen, und obwohl ich Angst hatte, dass es kompliziert wird, hab ich meine Cousinen zu Besuch eingeladen, und eine von ihnen ist sogar gekommen, die mit den zwei Töchtern. Ich hab allerdings sofort bereut, dass ich sie eingeladen hatte, denn sie ist nur zum Lästern gekommen, immer auf der Suche nach dem neusten Tratsch, sie hat mir sogar gesagt, dass ich hässlich werde.

»Du kriegst einen Bauch, deine Oberarme schwabbeln, und du hast ein aufgedunsenes Gesicht«, hat sie zu mir gesagt und mir ihre Avon-Kataloge hingelegt, lang gefackelt hat sie nie. Ich hab nur den Kopf weggedreht, als wär's mir egal. »Ehrlich, du wirst ganz schön fett.«

Ich hab den Katalog nach ihr geworfen, und dann waren wir still. Leonel wollte mit ihrer Tochter spielen, aber meine Cousine hat sie ganz schnell an sich gezogen, damit er sie nicht anfasst.

»Er tut ihr schon nichts.«

Aber meine Cousine hat nur gelacht und sie hin und her gewiegt und so getan, als wär genau jetzt ihre Schlafenszeit.

»Sogar schmutzig ist Leonel immer noch hübscher als deine Tochter.«

Meine Cousine hat wieder gelacht, aber jetzt ist sie richtig wütend gewesen. Dann hat sie meinen Sohn unter die Lupe genommen, wie um was zu finden, das ihr hilft, ihn zu mögen, aber Leonel hat nur gefurzt und sabbernd gekichert, und dann ist wieder sein ewiges Ore, ore gekommen, und ich hab genau gemerkt, wie sie mich mitleidig anschaut. Ich hab ihm das Gesicht abgewischt und gesagt, ach, Leonel, du hast dich vollgemacht. Und ich hab ihn hochgenommen und ins Bad gebracht. Auf dem Flur hab ich der Cousine noch zugerufen, sie soll beim Rausgehen die Haustür fest zuziehen, sonst kämen die Nachbarhunde rein. Dann hab ich die Tür vom Badezimmer zugeknallt. Ich hab Leonel was Frisches angezogen, bin aber extra länger im Bad geblieben, damit sie dann auch sicher weg ist. Dann hab ich mich im Spiegel angeschaut und gefunden, dass sie recht hat, ja, ich war hässlich. Und nicht nur hässlich, langsam hat man mir auch die Verzweiflung angesehen. Leonel war nicht mehr so abweisend mir gegenüber, aber auch nicht gerade ein Bündel Liebe; ich hab ihn angefleht, dass er bitte was zu mir sagt, dass er mich anschaut, dass er irgendwie reagiert.

»Sag Mama zu mir.«

Aber er hat mich nur ein paar Sekunden lang angestarrt, und das Schlimmste war, ich hab seinen traurigen Blick gesehen und dass diese grossen Augen nicht dazu bestimmt waren, mich anzuschauen, und ich hab mich schrecklich gefühlt. Obwohl, wenn ich dann wieder gesehen hab, wie er sein Fingerchen in den Mund steckt und sabbert und losrennt mit seinem so seltsam süssen Kichern, dann hab ich meistens gedacht, ist doch egal, ob er jetzt Mama zu mir sagt. Und immer wenn ich konnte, hab ich mich neben ihn gesetzt, wenn er geschlafen hat. Im Schlaf war er wunderschön. Allmählich hab ich mich mit seiner Art von Schönheit abgefunden, und auch mit der Tatsache, dass ich nie die Mutter von irgendjemand sein werde und mich nur immer um alle Männer in meinem Leben werde kümmern müssen.

Aber das Kümmern wird einem auch leid, mich immer um Leonel und seine Bedürfnisse kümmern, um die Wünsche meiner Kundinnen und nachts dann noch um die von Rafael. Ich konnte mich nie ausruhen, und jede Kleinigkeit hat mich auf die Palme gebracht. Dass Leonel mit dem Essen nach mir wirft und das Gesicht wegdreht, wenn ich ihn füttern will, dass die Kundinnen behaupten, sie hätten Erdbeere bestellt und nicht Schokolade, obwohl auf dem Bestellzettel Schokolade steht, dass Rafael immer nur getrunken und im Haushalt keinen Finger gerührt und Leonel nicht beachtet hat. Alles wird einem leid.

»Trink dein verdammtes Wasser, du kleiner Scheisser!«

Bei der kleinsten Provokation hab ich ihn angeschrien, immer wieder hat es Ohrfeigen gehagelt, und fast jedes Mal, wenn er sich in die Hose gemacht hat, hab ich ihn versohlt, und Leonel hat geweint und geweint, und dann hab ich mich gefühlt, als würden sich meine Eingeweide in Scheisse verwandeln, und gehofft, dass Gott sich das jeden Tag meines Lebens mit ansieht und sich vor Lachen bepisst, welchen anderen Grund hätte es geben sollen, dass das alles passiert. Nichts ist gelaufen, wie es sollte.

Deshalb hab ich einen Geburtstag für Leonel erfunden, einfach so. Ich hab mir den Kalender geschnappt und mit geschlossenen Augen den Monat gewählt, Januar. Dann den Tag, 1. Januar. Und ich hab gedacht, ist doch gut, das Jahr mit einem Fest anzufangen, und da hab ich dann Rafael gesagt, dass wir in der Weihnachtszeit nicht nur für Geschenke für den Dreikönigstag sparen müssen, sondern auch für Leonels Geburtstag, und ich hab ihm den Kuchen beschrieben, den ich backen würde, und von meinem Plan erzählt, in beiden Höfen Luftballons aufzuhängen, und dass ich Tütchen machen würde mit Schokolutschern drin, und er soll seiner Familie Bescheid geben, dass sie alle kommen sollen, weil wir waren ja jetzt eine Familie, und das gehört sich so. Am Anfang hat er, glaub ich, nichts gesagt, dann hat er wohl gesehen, wie aufgeregt ich bin, und deshalb gesagt, mach, was du willst, aber ich muss alles bezahlen, weil er kein Geld hat, und ich hab Ja gesagt, dafür arbeitet man ja, und er kann es finden, wie er will, aber die Party findet auf jeden Fall statt.

Mitte Dezember, als es losgegangen ist mit den Guadalupe-Reyes-Feiern, ist es dann auch losgegangen, dass Rafael nicht mehr nach Hause gekommen ist, ein oder zwei Nächte am Stück, vor allem an den Wochenenden, da ist er wieder Billard spielen und sich besaufen gegangen. Dann ist er mit der Idee aufgekreuzt, an der Wallfahrt der Jungfrau teilzunehmen, ich solle mitkommen und Leonel auch, wir hätten für einiges zu danken. Ich habe Nein gesagt, es wär zu gefährlich mit dem Jungen unter all den vielen Leuten, da könnte man sich verlieren, und er hat nur noch gelacht. Am Ende ist er auch nicht hin, zu den Posadas* allerdings schon, reine Besäufnisse, erst beim Tuercas, dann bei Ramón, dann beim Bombolocha.

* Vorweihnachtliche Feiern.

»Und warum musst du da überallhin?«

»Weil ich hinmuss ...«

»Und warum nimmst du uns nicht mit?«

»Weil der Schwachkopf uns nicht in Ruhe lassen wird.«

»Der Schwachkopf ist dein Sohn, Arschloch.«

»Nein, er ist deiner, und jetzt fick dich!«

Er ist rausgestürmt, und mir ist die Antwort im Hals stecken geblieben. Ich hatte keinen Mumm mehr in den Knochen und hab zugesehen, wie alle auf die Posadas gegangen sind, und Leonel hat weiss ich was geplappert, und ich war allein, immer allein. Und wenn ich nichts gesagt hab, dann weil er mir versprochen hat, dass er am Geburtstagsfest da ist, wirklich. Aber an Heiligabend hab ich zugesehen, wie er duscht, einen Rucksack voller Kleider packt und mir sagt, dass er für ein paar Tage zu seiner Mutter geht. Er würde mich fürs Silvesteressen abholen kommen. Ich würde ja sowieso nichts von solchen Feiern halten, und um seinen Bruder würde es sehr schlecht stehen.

»Du weisst ja, wie es ist, du hast jetzt Leonel, da machst du besser hier einen Ruhigen, ich komm dich dann schon holen, und wir drehen eine Runde.«

Erst hab ich gedacht, ist ja gut, wenn ihm dran liegt, dass ich mich nicht auch noch um seinen Bruder kümmern muss, der da schon im Sterben gelegen hat, Krebs, ich glaub Bauchspeicheldrüse. Aber

Rafael hat sich gar nicht mehr blicken lassen. Ich hab bei ihm angerufen, und er hat mir ausrichten lassen, dass er zum Fest kommt, und seine Mutter und die anderen auch. Aber er ist nicht gekommen. Er hat mich allein gelassen mit dem Haus voller Luftballons und den Luftschlangen an der Decke, mit Leonel im Matrosenanzug, mit den bunten Geleebonbons und dem Zehn-Kilo-Kuchen, den ich in der Nacht vorher gebacken hab, während er bestimmt ins neue Jahr gefeiert hat. Wir sind allein geblieben, mein Sohn und ich. Leonel hat sich die Ballone in den Mund gestopft, ganz vergnügt, als wär er glücklich, ich hab mir die Tränen weggewischt, die mir ganz von selbst übers Gesicht gelaufen sind. So hat mein neues Jahr angefangen, mit dem Wunsch, ich wär an diesem einen Nachmittag nicht auf die verrückte Idee gekommen, den roten Schirm aufzuspannen, einfach so durch den Park zu spazieren und den schönsten Jungen mitzunehmen, den ich je im Leben gesehen hab.

Zweiter Teil

Wie heisst du, Frau? Ich weiss nicht.
Wo bist du geboren, wo kommst du her? Ich weiss nicht.
Wozu gräbst du dich ein? Ich weiss nicht.
Seit wann versteckst du dich hier? Ich weiss nicht.
Warum hast du mich in den Zeigefinger gebissen? Ich weiss nicht.
Wir tun dir nichts Böses, weisst du? Ich weiss nicht.
Auf wessen Seite bist du? Ich weiss nicht.
Wir haben jetzt Krieg, du musst wählen. Ich weiss nicht.
Steht dein Dorf noch? Ich weiss nicht.
Sind das deine Kinder? Ja.

Wisława Szymborska
»Vietnam«

Wie drei Geier, die ihre siechende Beute umkreisen, wachten Frans Mutter, Nagore und ich still über Daniel, in seiner ersten Nacht im weissen Haus in Utrera. Das Auf und Ab seines winzigen Bäuchleins versicherte uns, dass er atmete. Amara, er hätte Amara geheissen, wenn er ein Mädchen geworden wäre, nicht wahr?, flüsterte die Grossmutter, so laut, dass wir es hörten, aber leise genug, um behaupten zu können, sie hätte es nur gedacht. Amara, wie meine Mama?, fragte Nagore. Ich presste vage die Lippen zusammen, was nach Zustimmung aussah, mich aber gleichzeitig zu nichts verpflichtete. Frans Mutter legte mir die Hand auf den Arm und sagte, ich solle mich ausruhen. Ich gehorchte. Er wird gleich anfangen zu weinen, sagte sie, und ich ging in die Zimmerecke, in der das Bett stand, und legte mich hin. Mir taten die Knochen weh. Immer wieder kamen Nachwehen, und ich konnte mich nicht entspannen. Nagore schaltete das Licht aus und ging zum Schlafen in ihr Zimmer. Die Grossmutter hingegen blieb und betrachtete gebannt meinen Sohn. Sie hat gewonnen, dachte ich. Wenn mein Sohn das

Stück Fleisch war, das verschlungen werden sollte, so war es seine Grossmutter, die ihn auffressen würde.

Ich legte mein Gesicht auf das kühle Kissen und schloss die Augen, wohl wissend, dass ich nicht schlafen würde. Ich schlief auch nicht, fünf- oder siebenmal fing Daniel an zu weinen, ich legte ihn an die Brust, aber er saugte nicht, ich drückte ihn an mich, nahm ihn hoch, wechselte von links nach rechts, von oben nach unten mit der wachsenden Verzweiflung derjenigen, die nicht sagen darf: Sei still und lass mich schlafen.

Und Daniel weinte wie der Mann, der wusste, dass er essen, schlafen und weinen konnte, wann es ihm passte, weil wir Frauen, so müde und benommen wir auch sein mochten, ihm zu Füssen lagen. Schliesslich wurde Daniel zu dem Aasfresser, der unsere Zeit verschlang – uns den Verwesungsgeruch ausdünsten liess, der entströmt, wenn alles Menschliche vor Erschöpfung aus einem entweicht – und der dann wiederkehrte, um uns aufzufressen.

Es gab eine gewisse Makellosigkeit an Frans Art, sich zu kleiden, zu gehen und zu sein, die mich wahnsinnig machte. Ich wollte sie ergründen, um ihn zu beschmutzen. Ihn zu beschädigen. Irgendeine Kante oder Stelle an seiner Haut finden, an der ich ihn aufbrechen konnte. Ihn zerpflücken, verbeulen, ein kaum merkliches Loch in ihn reissen, aus dem der Eiter treten würde, der sicherlich in ihm schwelte. Irgendwas Schlechtes musste Fran an sich haben. Es war nicht leicht. Jaja, das wird schon, es geht alles vorbei, sagte er zu mir, schaltete den Fernseher ein, und das Gespräch war beendet. Jaja, es gibt für alles eine Lösung – und wir berührten einander. Vielmehr berührte er mich. Als Frau denkst du, du hättest alle Freiheit der Welt, und bist dir gar nicht bewusst, wie leicht du dir dein eigenes Gefängnis erschaffst. Du verlässt den vorgegebenen Pfad. Du brichst aus dem ersten familiären Käfig aus und taumelst, machst einen falschen Schritt, flatterst unbeholfen mit den Flügeln und beginnst aus allem Möglichen kleine Nester zu bauen. Du verlangst von dir aus: Steckt mich zurück in den Käfig, na los, kommt schon, sperrt mich wieder ein! Das hab ich getan, indem ich keine Verhütungsmittel mehr genommen und Fran ins tadellos saubere Ohr geflüstert habe: Besudel mich, beschmutze mich von innen, nimm mich hart, ja, genau so, füll mich mit dir, mach mich schmutzig, ja …! Er aber blieb immer tadellos sauber. Sauber und aufrecht, verantwortungsbewusst, undurchdringlich, unfähig, Nein zu dem zu sagen, was korrekt ist. Knapp zwei Monate nach dem sexuellen Fehlverhalten war ich schwanger.

Das erste Mal, dass ich sie gesehen habe, wirkten sie wie ganz normale Menschen, die ihr Gespräch unterbrechen, weil sie hören, dass die Tür aufgeht: die Eltern von Fran. So, uns beinahe den Rücken zugewandt, hätten sie ein Paar sein können, das die wöchentliche Einkaufsliste bespricht. Nach zwei Zwischenlandungen und vier internationalen Ehestreiten erreichten wir Utrera, bevor Amaras Körper in andalusischem Boden bestattet wurde. Nagore war im Hof und spielte mit einem Holzwagen, der einige Zeit später in Daniels Besitz übergehen würde. Fran stellte die Koffer ab und umarmte seine Mutter. Aus der Nähe sahen wir, dass sein Vater trank. Er stand nicht auf. Die Schwere in seinem Körper war spürbar. Weder lächelte er, noch kam er auf die Idee, seinen Sohn zu umarmen, er klopfte ihm bloss auf die Schulter. Die Mutter ging einen Krug Wasser und Gläser holen. Stille. Ich blieb zunächst im Eingang stehen und heftete meinen Blick auf Fran, der mich Minuten später holen kam, mich vorstellte und sagte, wir würden uns kurz hinlegen. Seine Eltern schauten mich gleichgültig an. Sie nickten, und wir durchquerten den Innenhof, um rauf ins Schlafzimmer zu gehen. Das war das erste Mal, dass Nagore und ich Blicke wechselten. Sie ist ein liebes Mädchen, sagte Fran besorgt. Ich hörte »Mädchen«, und ein fauliger Geruch stach mir in die Nase, als hätte das Wort ein Eigenleben; dann wandte ich mich dem Blumentopf zu, der in einer sonnengeschützten Ecke stand, und übergab mich hinein. Ich weiss, von weitem muss es ausgesehen haben, als würde ich mich in Reaktion auf Nagore übergeben, eine Art übles Vorzeichen.

Auf diese Weise merkten wir, dass ich schwanger war, die Bestätigung erfolgte allerdings erst später.

Du bekommst noch einen Koller!, rief Frans Mutter, als sie sah, wie ich mich über den Balkon des weissen Hauses beugte. Dann fuhr sie mit ruhigerer Stimme fort: Früher ist dieser Chinaladen auch ein Wohnhaus gewesen, früher sind wir durch diese Gasse da zum Platz gegangen, wir sind gerannt, um das Echo unserer Füsse zu hören. Ich weiss nicht, was ein Koller ist, antwortete ich. Hat dich die Reise strapaziert? Du solltest reingehen, es ist sehr heiss. Ich nickte. Jeden Tag um fünf Uhr nachmittags hört man die Kinder durch die Gasse rennen, ich werde nie begreifen, warum, die Schule ist weit weg, verstehst du, was ich meine? Die Schule ist viel zu weit weg, als dass man sie bis hierher hören könnte, aber man hört sie. Wissen Sie, wann der Gottesdienst ist?, fragte ich. Sie kräuselte das Gesicht, als wäre sie eine ausgepresste Zitrone – genau wie Fran, das war Frans Mimik –, und schüttelte den Kopf. Sie wird bald hier sein. Wo ist Nagore?, fragte sie und wischte das bevorstehende Eintreffen des Leichnams ihrer Tochter weg, als verscheuchte sie angewidert Fliegen. Dann ging sie. Irgendwann wurde es fünf, und die Kinder begannen durch die Gasse zu rennen und erzeugten ein Echo, das vor Leben strotzte, ganz anders als Nagore, die schweigend herumstreifte und nur zu finden war, wenn man laut ihren Namen rief, der im ganzen Haus widerhallte.

Wusstest du, dass Vögel oft gegen Wolkenkratzer prallen? Was passiert mit ihren Körpern, wer sammelt sie auf?, fragte Nagore Fran. Das wusste ich gar nicht, Nagore, ist ja interessant. Ja, aber sehen sie sie denn nicht? Fliegen sie mit geschlossenen Augen? Das glaube ich nicht, ich nehme an, dass sie so schnell unterwegs sind, dass sie nicht anhalten können. Ja, aber wer sammelt sie denn auf? Jemand muss sie doch aufsammeln. (Mir wurde vom Zuhören übel.) Dieselben Leute, die auch die Strassen reinigen, sammeln sie auf. Kommen sie in schwarze Säcke, und ist da auch die Polizei? Fran und ich schauten uns an. Nein, keine schwarzen Säcke und keine Polizei, das geschieht eher im Stillen. Aber Säcke, stecken sie die toten Körper in einen Sack? Ich presste mir die Hand vor den Mund, denn die Übelkeit setzte mir ordentlich zu. Ja, in Säcke. Und weinen sie, weinen die Vögel, wenn sie ihre Freunde gegen die Wolkenkratzer prallen sehen? Ja, sie weinen, antwortete Fran. Wenn sie nicht so hoch fliegen würden, würden sie für immer am Leben bleiben. (Ich wollte ihr mit der Hand durchs strubbelige blonde Haar streichen, aber mir wurde wieder übel, und so drehte ich mich weg – als würde Daniel schon als Fötus dagegen intervenieren, dass Nagore und ich uns anfreunden.)

Ich weiss nicht so recht, vielleicht bin ich schwanger, liess ich Fran wissen, der ständig nachbohrte, ob es mir gutgehe. Verblüfft verwandelte sich Fran in eine ausgepresste Zitrone. Ich werde es erst genau wissen, wenn wir wieder zu Hause sind. Die Säuerlichkeit seines Gesichts war fast zu schmecken, ich schluckte bitter. Kann sein, dass gar nichts ist, sagte ich entschuldigend. Er fasste sich, indem er sich auf die Lippen biss und sich nicht weiter äusserte. Ich muss jetzt erst einmal die Sache mit meiner Schwester regeln, würde es dir was ausmachen, ohne mich nach Hause zu fliegen? Jetzt kräuselte sich auch mein Gesicht: zwei saure Zitronen mit bitter-harter Schale, die angesichts des Todes, der sich über uns legte und Vorrang beanspruchte, versuchten, Haltung zu bewahren.

Sie glauben, weil sie Geld haben, können sie sich alles erlauben. Sagte die Mutter, als sie ins Zimmer kam, das – obwohl in dem sonnigen weissen Haus in Utrera gelegen – dunkel und kühl war. Als würde es in dieser Kühle all das bewahren, was nicht nach aussen dringen durfte: die Familie, die Stimmen, das Leben.

Sie glauben, weil sie Geld haben, kommen sie ungestraft davon. Fran legte ihr die Hand auf die Schulter. Wir hatten erfahren, dass Xavi, Amaras Ehemann, bis zum Urteil nicht ins Gefängnis musste. Frans

Mutter befürchtete, er könne fliehen. Nicht mal an der Gedenkfeier, die die Nachbarn in Barcelona für sie abgehalten haben, konnten wir teilnehmen, sagte die Mutter. Kerzen haben sie vor die Tür gestellt, das Gebäude abgeschirmt. Drei junge Frauen haben das organisiert. Es soll überall in den Nachrichten gekommen sein, hier nicht, ich hab im ersten Programm nachgeschaut und im sechsten; nirgends war von meiner Tochter die Rede. Fran bat seine Mutter, sich zu beruhigen, als brauchte sie bloss eine Art Panikknopf zu drücken, der Ruhe über sie brachte. Aber statt sich zu beruhigen, durchbohrte die Mutter mich mit ihrem Blick, offenbar hatte ich zu wenig Mitgefühl gezeigt: Bringen sie die Frauen bei euch zu Hause auch einfach so um? Fran knetete ihr die Schulter und sagte, es genüge jetzt, sie werde sich auch weder lebendiger noch menschlicher fühlen, wenn sie jetzt die Nerven verliere. Er führte sie aus dem Zimmer. Ich holte tief Luft. Ich hatte einen Fötus im Bauch, dessen war ich mir genauso sicher wie der Tatsache, nicht länger hierbleiben zu wollen. Ich dachte daran abzutreiben, ich habe daran gedacht, wenn also jemand Schuld trägt an dem, was später passiert ist, bin ich es, denn ich habe mich entschieden, den Gedanken zu ignorieren, der uns alle hätte retten können. Ich habe ihn ignoriert, ich habe ihn ignoriert. Unsere Geschichte hätte anders verlaufen können.

Geh doch mal raus. Mach einen Spaziergang. Geh nicht zu weit. Du kannst ja kaum laufen. Daniel wuchs langsam in mir heran, nahm mich aber vollkommen ein. Ständig fuhr ich mir mit den Händen durchs Gesicht in der verzweifelten Erwartung von Daniels Geburt. Wie geht es dir?, wurde ich gefragt und antwortete, schrecklich. Eine Risikoschwangerschaft? Jede Schwangerschaft ist ein Risiko, antwortete ich, um die Begleiterscheinungen zu rechtfertigen, die alle kleinredeten: das Risiko, dich umzubringen, weil du einfach nicht mehr kannst; das Risiko, Fran umzubringen, weil er meine körperlichen Beschwerden mit billigen Floskeln von der Art »das wird schon wieder« abtat; das Risiko, Daniel mit den eigenen Händen rauszuholen, mit einem Messer oder mit einem Haken, und dann vor lauter Schuldgefühl und Traurigkeit zu sterben.

Morgens trank ich Orangensaft, den ich meistens schon erbrach, bevor er in die Speiseröhre gelangte. Wer hat behauptet, die Schwangerschaft sei die beste Zeit einer Frau? Du wolltest doch schwanger werden, sagte Fran, und dann küsste er mich und sagte, war ein Scherz, sehr witzig, für mich hatte er allerdings damit alles gesagt, auch wenn er es anschliessend leugnete. Verdammt sei sein metallsauer schmeckender Samen, der seinen Dienst getan hat.

Nagore war die Einzige, die sich nicht von meiner schlechten Laune abschrecken liess, die kam und mich umarmte, mir eine Serviette reichte und selbstgebackene Kekse nach einem Rezept ihrer Mutter.

Geh doch mal raus, mach einen Spaziergang, das wird dem Baby guttun. Und was tut mir gut? Frans Trauer und die Trauer seiner Familie waren mir egal. Ich hatte mit meiner eigenen Hölle zu kämpfen, läppisch, trist, unwirklich, aber meine Hölle. Du kannst nicht menschlich sein, wenn dir ein anderer Organismus die Lebenskraft absaugt. Genauso wenig kannst du menschlich sein, wenn du von Phantomen belagert bist, die nichts mit dir zu tun haben, wozu gibt es so was wie Individualität. Wir konnten nicht nach Mexiko zurück, denn um Nagore mitnehmen zu können, musste ein Sorgerechtsstreit mit Xavis Familie in Barcelona ausgefochten werden, den Fran bis auf den letzten Buchstaben austrug. Daniel kam in Barcelona zur Welt.

Da gab es doch diese Hollywoodschauspielerin, die einen öffentlichen Hilferuf gestartet hat, weil in deinem Land immer wieder Frauen umgebracht werden, sagte Frans Mutter zu mir. Ja, antwortete ich. Und hat man die Männer alle hinter Gitter gebracht? Nein, sie wurden nicht hinter Gitter gebracht. Gab es denn keine Gerechtigkeit? Für Mord gibt es keine Gerechtigkeit, sagte ich. Xavi kommt ins Gefängnis, für immer, antwortete sie, besorgt, es könnte nicht der Fall sein – eine Strafe, die zwar noch ausstand, die sie aber lautstark verhängte, damit die Welt es vernahm. Nagore schaute uns still an. Sie sitzen auch in einem Gefängnis, sagte ich zu Frans Mutter. Du aber auch!, rief Nagore zur Verteidigung ihrer Grossmutter. Ich auch, stimmte ich zu. Daniel begann zu weinen, und ich, von meiner eigenen Behauptung geschlagen, gab ihm meine schwere, schmerzende Brust und bekam Fieber, und alle sagten, das wird schon, auch das geht vorbei, es ist ja kein Gefängnis, obwohl es definitiv eins war. Was hat mich geritten, das zu Frans Mutter zu sagen? Klarheit, eine Klarheit, die sich mit der Zeit eintrübte.

Die Falten, die sich im Gesicht von Frans Mutter abzeichneten, verdreifachten sich plötzlich in der Sonne. Sie fielen mir auf, als wir Kuchen kaufen gingen, weil ihr Mann endlich etwas essen wollte. Der Tick in ihrem linken Auge verstärkte den Eindruck einer alten Frau, die hinter den Runzeln und den schmalen, kaum vorhandenen Lippen einen Schmerz verbarg, den ich nicht verstand. War sie jemals glücklich gewesen? Oder merkte sie vielleicht jetzt, da Amara tot war, dass sie ihr Leben vergeudet hatte? Ich überlegte, sie zu fragen. Sie drückte mir eine Brottüte in die Hand, damit sie das Tablett mit dem feinen Gebäck tragen konnte. Ich rang mir ein Lächeln ab. Die mit Schokolade wird Nagore mögen, sagte sie und lächelte zurück. Aber ihr Gesicht wurde nicht weicher, sondern grotesk, wie wenn ein Affe die Zähne bleckt und wir Menschen denken, dass er lacht, obwohl er in Wahrheit beinah stirbt vor Angst. Ihre Tochter ist gestorben, dachte ich, fand aber, dass sie übertreibt, immerhin waren ihr ein Sohn, ein Ehemann, eine Enkelin und ein in Kürze erwartetes Neugeborenes geblieben, das sie, wenn auch aus der Ferne, mit Freude erfüllen sollte. Wir kehrten ins Haus zurück, und unsere Schritte erzeugten kein Echo in der Gasse zwischen dem weissen Haus und dem Chinaladen. Frans Mutter war nicht mehr als ein matter Schatten, der sich über den Boden schleppte, und ich, so erfuhr ich Jahre später, war ihr Abbild.

Ich merkte früh, dass Daniel nicht in meinem Körper beherbergt sein wollte. Alles, was ihn betraf, war ein Widerspruch: keine Kinder haben wollen, aber unbedingt schwanger werden. Nicht schwanger sein wollen, aber von Fran ständigen Zuspruch erwarten. (Es wird alles gut, nicht wahr? Du willst dieses Kind doch, oder?) Nicht schwanger sein wollen, sich aber vor dem ersten Blutfleck in der Unterhose fürchten. Ich werde das Kind verlieren, Fran. (Oh, welch Vorahnung!) Aber es gab nie das geringste Anzeichen für einen Abort. Sie zwangen mich nur dazu, mich nicht zu viel zu bewegen, eine gute Mutter zu sein, auf mich zu achten. Das war der Zeitpunkt, an dem wir beschlossen (an dem Fran beschloss), dass wir in Spanien bleiben und Fran sich wirklich dahinterklemmt, die Ausreisegenehmigung für Nagore zu erhalten. Wir fuhren zu dritt nach Barcelona, und nur schon den Eltern nicht mehr beim Alt- und Schwermütigsein zusehen zu müssen liess uns in gewisser Weise aufatmen.

Auch Nagore war aufgeregt. Sie würde wieder nach Hause kommen. Doch nichts lag weiter von der Realität entfernt als das. Wir waren an einem Punkt ohne Wiederkehr.

Was ist ein Zuhause, und worin besteht es? Wann begann es, dass wir Eltern und Kind waren? Als Nagore ihren Kopf auf meinen Körper legte und meinen Bauch umarmte, der mit kleinen Tritten reagierte, als gäbe es da eine Tür, die zu öffnen wäre? Oder als Daniel aus mir herauskam, mit so wenig Elan, dass er künstlich beatmet werden musste und ich ihn erst eine Woche nach seiner Geburt in die Arme schliessen konnte? Wo fängt ein Zuhause an, und woraus besteht es?

Aus den dünnen, auf klappriger Schreibmaschine verfassten Papieren der Gerichtsakte erfuhren wir, dass Xavi Amara in einem Streit umgebracht hatte, der fünf der zwölf Ehejahre lang angedauert hatte. Wir lasen, dass er sie an jenem Abend an den Haaren gerissen, sie beschimpft und gegen die Wand geschleudert hatte. Wir erfuhren, dass Nagore wach geworden war und den Atem angehalten hatte, dass sie die Augen aufgerissen und nicht mehr geblinzelt hatte aus Angst, ihre Wimpern könnten ein Geräusch verursachen. Xavi hatte Amara nochmals gegen die Wand geschleudert. Amara hatte etwas Unverständliches geschrien. Xavi hatte sie weiter attackiert, aber Nagore hatte bloss Lärm und Stimmen und rumpelnde Geräusche gehört, sie hatte nicht gewusst, ob Körper oder andere Gegenstände zu Boden gefallen waren. Sie hatte ihr kleines Ohr an die Wand gedrückt. Ihre Mutter hatte geweint, dessen war sie ganz sicher. Nagore erzählte später, sie habe nicht gewusst, ob sie die Polizei rufen solle, und dass auch ihr nach Weinen zumute gewesen sei, sie aber Angst hatte, dass ihr Vater sie hören und auch auf sie einschlagen würde. Amara habe einen hohen Schrei ausgestossen, der in den Ohren ihrer Tochter widerhallte, denn danach habe sie nichts mehr gehört, jedenfalls für eine ganze Weile. Darauf habe Nagore den Kopf noch fester gegen die Wand gepresst, als wolle sie sie durchbrechen. Nichts. Sie habe nicht gewusst, warum, aber ein derart trocken endender Schrei sei ihr nicht normal vorgekommen. Sie habe gezittert. Dann habe sie beschlossen, aus dem Bett zu steigen und nach ihrer Mutter zu suchen. Sie sei auf Zehenspitzen gegangen. Zumindest hat sie gesagt, sie habe das getan, jedenfalls haben wir das gelesen. Dass sie gerade die

Tür aufmachen wollte, als sie hörte, wie ihr Vater ins Wohnzimmer ging und, gemäss seiner eigenen Aussage, anschliessend in die Küche. Dann hatte Nagore um die Ecke geschaut, in der Hoffnung, die Dunkelheit schütze sie vor dem Blick des Vaters, der benommen den Wasserhahn aufgedreht habe, weggegangen, wieder zurückgekommen und ins Wohnzimmer gelaufen sei und sich aus dem Fenster gelehnt habe. Stille. Was ist mit Mama?, habe seine Tochter laut übereinstimmender Aussage gefragt. Xavi habe sich nach ihr umgewandt und nichts gesagt. Er habe für eine Sekunde den Kopf gesenkt, sei dann zu ihr hingegangen und habe sie umarmt. Nagore habe gezögert, sich umarmen zu lassen, und Xavi, der realisiert habe, dass sie Bescheid wusste, sei zurückgewichen. Xavi sei wieder ins Wohnzimmer gegangen, habe das Telefon genommen und die Polizei benachrichtigt. Er habe gesagt, seine Frau sei tot. Nagore, deren Ahnung sich bestätigte, habe einen Schlag in die Magengrube gespürt und nicht gewagt hinzugehen, um sich zu vergewissern, dass es stimme. Xavi habe zu weinen begonnen und – als wäre das Weinen der Auslöser für alles, was nun folgen würde – das sei der Zeitpunkt gewesen, an dem Nagore realisiert habe, dass alles sich für immer verändert hatte. Sie sei auf den Körper ihrer Mutter zugerannt, der bäuchlings auf dem Boden lag, als würde sie nur schlafen. Nagore habe nicht nach einer Erklärung verlangt, sie habe keine Fragen gestellt, sondern den linken Fuss der Mutter genommen, ihn geküsst und dann leise losgeweint, um sie nicht zu wecken. Sie habe sie umarmt und sie immer und immer wieder geküsst, als habe sie gewusst, dass sie sie nie wiedersehen würde. Sie wusste es zwar, war aber nicht in der Lage, es auszusprechen. Einige Zeit später sei die Polizei eingetroffen, sie hätten sie von der Mutter weggezogen und diese zugedeckt. Ein Polizist habe sie an der Hand genommen und aus dem Schlafzimmer geführt, dann aus dem Wohnzimmer, in dem Xavi immer noch reglos dastand, als wolle er sein Schicksal aufhalten oder sich darauf vorbereiten. Der Polizist habe Nagore einer Sanitäterin übergeben, die mit der Ambulanz eingetroffen war. Nagore habe sich umgewandt und ihren Vater ein letztes Mal angeblickt.

All das hatte sie mit beinahe fotografischem Gedächtnis erzählt, als einer der Polizisten sie nach den Vorgängen befragt hatte, und wir lasen es später in der Ermittlungsakte. Fran brach nicht zusammen, obwohl es so aussah, als könne es jederzeit passieren. Er bat mich bloss, seiner Mutter nach Möglichkeit nichts davon zu erzählen, es sei nicht nötig, dass sie all das erfahre. Ich gehorchte ihm und hielt den Mund. Ich glaube, es war das erste Mal, dass ich Nagore gegenüber Respekt empfand, sie war dermassen stark für ihr Alter. Ich war nie so beherrscht, nicht einmal in guten Zeiten.

Manchmal sagte Fran zu mir – als stehe ihr Körper wie unter einem Fluch –, dass Nagore sehr viel Ähnlichkeit mit Xavi habe und nur sehr wenig von Amara. Und manchmal gibt uns die Zeit ja recht.

Mit Daniel in meinem sich wölbenden Bauch, mit aufgedunsenen, aneinanderscheuernden Beinen im feuchten, atemraubenden Klima Barcelonas beneidete ich Amara manchmal um ihren Tod. Nicht nur weil sie sich nicht länger mit sich selbst herumplagen musste, sondern weil ihr Tod sie von einem Tag auf den anderen zur Heiligen gemacht hatte: Alles, was sie jemals getan hatte, war perfekt, so gut, so zärtlich, so sehr die beste aller Mütter. Und ich, kurz vorm Ersticken, nicht in der Lage, aufrecht und sicher geradeaus zu gehen, nicht in der Lage, mein eigenes Schambein zu betrachten, unfähig, jemals etwas anders als plump zu sein, war als Mutter schon gescheitert.

Vielleicht hatte Fran sich schliesslich doch in mir ergossen, weil ein Teil von ihm – die Eichel, der Sack, die Hoden – annahm, ich sei nicht in der Lage, ihn in mir zu halten. So nachlässig, wie ich mit mir selbst umging, so ziellos, ein auf der Stelle drehender Wirbelwind, wirkte ich womöglich, als könnte ich niemals fruchtbares Material sein und taugte nicht für die Arbeit einer Mutter.

Wie falsch wir lagen, wir brauchten uns bloss umzuschauen, um zu erkennen: Wenn etwas in diesem

Leben leicht ist, dann ist das, zu schwängern und geschwängert zu werden. Und weshalb dieses Bedauern, dieser Neid auf Amara? Sie brauchte sich nicht um die Traurigkeit zu kümmern, die sie hinterlassen hatte, indem sie das eheliche Schlafzimmer erst verliess, als es zu spät war, ebenso wenig um Nagore und auch nicht um Daniel … Sie würde als Opfer in Erinnerung bleiben, und ich als Täterin.

Ich bemitleidete mich selbst, zog mir das Kissen über den Kopf und grollte mit meinem Schicksal in einem Haus ohne Fenster aus wer weiss welch architektonischer Überlegung. Die Hitze und die Feuchtigkeit waren erstickend, und wenn niemand zusah, knuffte ich Daniel, der mich die ganze Zeit von innen trat. Es war eine Schlacht, die ich stets verlor. Nagore lärmte unter dem einzigen Fenster dieses finsteren Gebäudes, in dem wir den Sommer verbrachten, bevor wir nach Mexiko zurückkehrten; ab und zu hörte ich, wie sie mit ihrer Puppe katalanisch sprach, wenn sie dachte, dass niemand zuhörte. Ausser Haus schlug sich Fran unterdessen mit den Behörden herum, er beschnupperte und erforschte grummelnd eine Welt, die ihm hartnäckig den Zutritt verwehrte. Unsere Probleme waren derart nichtig, dass niemand uns wahrnahm, wir nahmen ja nicht einmal einander wahr. Schon damals hätten wir ahnen können, dass unser Schwelgen im eigenen Elend uns in der Aussenwelt erbärmlich erscheinen liess, denn innerlich waren wir das bereits – erbärmlich.

Mit aufgerissenem Bauch, an den Gebärmutterwänden scheuernden Blutgerinnseln und vor Schlaflosigkeit verklebten Augen waren die ersten Tage in meinem Leben mit Daniel alles andere als pures Glück, sie waren eine einzige Qual. Sei still, bedeutete ich mit einem zum Schweigen geknebelten Blick, aus Angst, jemand könne mitbekommen, welchen Stich es mir versetzte, ihn darüber weinen zu hören, dass er nicht wusste, wie er allein in der Welt überleben sollte. Hatte ich schon während meiner traurigen, steinig-modrigen Schwangerschaft bedauert, einen Uterus, Hormone und Mutterinstinkt zu besitzen, so wurde das nach der Geburt durch jeden in meinem Gehörgang schrillenden Schrei Daniels bekräftigt.

Ich war allein, ohne nahestehende Menschen, die mich in der Sicherheit hätten wiegen können, dass ich mich täuschte. Daniel verursachte mir ein Unbehagen, mit dem ich nicht umgehen konnte. Ich nahm ihn in die Arme, mit meinem Schschsch, schschsch beruhigte ich vor allem mich selbst und zwang ihm die Brust auf, nicht um ihn zu füttern, sondern um ihn zu beschäftigen und damit er aufhörte, mit seinem durchdringenden Geschrei mein Nervenkostüm zu strapazieren. Stillen ist der Reflex der Mütter, die ihre Kinder ersticken wollen, weil sie sie nicht auffressen können. Wir geben ihnen nicht nur aus einem Instinkt heraus die Brust, sondern aufgrund des verdeckten Wunsches, die Nachkommenschaft auszulöschen, bevor es zu spät ist. Ein krasses Missverständnis so oder so.

Irgendwann erreichte Amaras Leichnam andalusischen Boden. Wir bekamen ihn erst zu Gesicht, als er in der Aufbahrungshalle lag, aber auch da durften wir nicht zu ihr hin. Sie hatten sie in einen speziellen, abgesonderten Raum gebracht, und hinter einer Scheibe konnten wir den Sarg sehen. Wie eine Puppe in einem Schaufenster. Amara, eine Schaufensterpuppe. Alles war ruhig, bis die Familie von Xavi eintraf, auf einmal zu viele Schritte, Hin und Her auf dem Korridor, Gemurmel. Frans Mutter fest an die Scheibe gepresst, regungslos, als würde sie Amaras Körper vor der neuerlichen Ermordung beschützen. Dann ein Aufschrei, und von der anderen Seite des Ganges rief eine Mutter, die sich für ihren Sohn schämte: Auch ich habe sie geliebt! Nagore ist auch meine Enkelin, ich habe keinen Mörder grossgezogen! Dabei ist hinlänglich bekannt, dass eine Mutter verantwortlich ist für das Wesen, das sie in ihrem Inneren herangepäppelt hat. (Was kann schon Gutes entstehen aus einem Wesen, das sich aus Gründen des eigenen Überlebens von einem anderen Lebewesen ernährt?) Auch ich habe deine Tochter verloren!, schrie Xavis Mutter der Mutter von Fran entgegen, bitte, vergib mir! Aber Frans Mutter rührte sich nicht vom Fleck, presste die Fingerkuppen aneinander und sagte, nein, nein, nein …

Eine Mutter trägt die Schuld an ihrem mörderischen Sohn, die andere die Schuld, dass ihre Tochter tot ist, und der einzige Schrei, der diese Schuldgefühle mildern konnte, nur um sie von neuem zu befeuern, war der von Nagore: Ich will meine Mama zurück! Und beide Grossmütter – schuld an all den in diesem Raum ausgestossenen Schreien und schuldig an der zur Schaufensterpuppe gewordenen Amara, die in gewisser Weise für uns alle stand, für alle Frauen, die wir irgendwann in unserem Leben gestorben sind – erstickten sich unter Tränen.

Die Männer der Familie hingegen ignorierten sie allmählich, denn ihr Schulterklopfen und Gerempel, ihr Gebrüll auf dem Parkplatz und ihr Gerenne, um die Motoren anzuwerfen und das von ihnen angerichtete Chaos hinter sich zu lassen, verursachten grösseren Lärm als die Tränen. All die Männer zusammengenommen verursachen mehr Lärm und Aufruhr als alle Frauen und ihre Tränen.

Xavi und seine mörderischen Hände, Fran, der drauf bestand, dass es ihm gutging, weil es einem gutgehen musste, selbst wenn hier die tote Schwester lag, und sein Vater, der sich zu alt fühlte, um zu streiten, aber stark genug, um Nagore an sich zu ziehen und zu verhindern, dass die Grossmutter väterlicherseits sich von ihr verabschieden konnte. Alle Männer, wirklich allesamt, schwadronierten und hörten nur sich selbst reden, während wir Frauen uns irritiert, aber gefasst anschauten, weil es schliesslich das war, was es für uns zu tun galt: leere Häuser zu sein, Häuser, um das Leben oder den Tod zu beherbergen, letzten Endes aber leer zu sein.

Ich spreizte die Beine und setzte mich auf die Toilette. Beim Entleeren der Blase knirschte mein Becken, das durch Daniels Körper immer noch zweigeteilt war, trocken. Dann rollte eine glitschige Murmel aus meiner Gebärmutter und plumpste ins stehende Wasser, es war Blut. Gefolgt von Blutfäden, die sich an meinen Schamlippen vorbeispannen. Dann eine weitere Murmel und in dem Moment aus der Ferne ein ungelegen kommender Schrei von Daniel. Ich wollte aufstehen, konnte aber nicht. Daniel weinte, dann klopfte Nagore an die Tür und teilte mir mit, dass Daniel weint. Und wo ist Fran? Weggegangen, sagte Nagore. Soll ich ihn hochnehmen, damit er sich beruhigt? Nein, warte, ich bin gleich da. Von wegen, war ich nicht, die Fäden hatten sich inzwischen zu einem Gewebe verwoben, das die gesamte Wasseroberfläche bedeckte. Erst nach etwa einer Stunde konnte ich mich wieder aufrichten, hatte aber das Gefühl, Daniels gesamtes Leben habe sich mittlerweile ohne mich abgespielt.

Stunden später, ich lag endlich im Bett, kam Fran, um nach mir zu schauen. Ich schlug die Augen auf, und bevor er mich fragte, ob es mir gutgehe, hielt er mir Daniel zum Stillen hin. Du musst auf dich aufpassen, das Baby braucht dich. Ich nickte, wich aber seinem Blick aus. Nagore hielt meine Hand, wahrscheinlich klammerte sie sich aus Angst vor dem Alleinsein an mich. Du musst lernen, auf dich aufzupassen, sagte ich zu ihr. Ja, ich werde nicht sein wie meine Mutter, ich werde leben. Ihre schmalen Lippen spitzten sich entschlossen. Nagore und Daniel waren in diesem Moment das Versprechen, dass man mütterliches Versagen überleben kann.

Dass Fran mir Daniels Verschwinden niemals direkt unter die Nase gerieben hat, lag wohl daran, dass er ihn nie vollständig in sein Leben integriert hatte. Ich weiss es und habe es immer gewusst: Der Überlebensinstinkt ist noch heimtückischer als die Wut. Ich zum Beispiel hätte dem Wochenbett meiner Mutter die Ehre erweisen und verschwinden sollen, bevor mir jemand einen Namen geben konnte. Es braucht reichlich Mut zu töten und reichlich Mut, den Überlebensinstinkt zu überwinden und sich selbst zu töten.

»Meine Eltern stammen aus Ermua. Die ETA hat einen sehr jungen Stadtrat des Partido Popular entführt, er hiess Miguel Ángel Blanco, merk dir das.«

Wir sassen am Küchentisch in unserer Wohnung. Frans Eltern waren aus Utrera gekommen. »Sie haben der Regierung achtundvierzig Stunden Zeit gegeben, alle ETA-Häftlinge ins Baskenland zu schicken; wenn nicht, würden sie ihn umbringen. Das ganze Land war wie gelähmt. Im Fernsehen hat man die blauen Schleifen gesehen, das Symbol zur Unterstützung seiner Freilassung, es gab zahlreiche Versammlungen, du hast ja keine Ahnung, wie sehr es uns alle mitgenommen hat, als sie ihn dann umgebracht haben. Vielen von uns wurde bewusst, was ETA bedeutet. Es waren Feiglinge, sie haben getötet, um zu töten. Es grenzte an Diktatur, weisst du. Das sind die Ideale, die der Mörder meiner Tochter hochgehalten hat. Sehr unabhängig, sehr ›mach, was du willst‹, aber am Ende halt sehr mörderisch. Und du willst mir was von Unabhängigkeit erzählen, nur weil du mit einer Mexikanerin zusammenlebst und gerade mal hier in Barcelona bist? Deine Mutter und ich sind hier, weil du mir die Enkelin wegnehmen willst, genau wie sie mir meine Tochter weggenommen haben, und trotzdem sitze ich hier mit dir an einem Tisch«, sagte Frans Vater und zeigte mit der Gabel auf ihn.

Aber Fran waren die Unabhängigkeitsbewegungen oder die halbgaren Revolutionen egal, mit denen sich sein Vater herumschlug, der, um seiner täglichen Leere etwas entgegenzusetzen, alle mit seinen Tiraden belagerte.

»Ich vermisse meinen Papa, auch wenn ihr sagt, dass er ein Mörder ist.«

»Natürlich vermisst du ihn«, sagte Frans Mutter und wollte Nagore übers Haar streichen.

*»Jo parlo en català perquè no m'entenguis, això també m'ho va ensenyar el meu papà, sempre va dir que vosaltres no entenieu res«,** sagte Nagore und entzog sich ihrer Hand. Sie schnaubte und ass, die Augen auf den Teller gerichtet, weiter. Niemand sprach. Es waren die Worte eines Mädchens, mehr nicht, aber ich strich ihr über den Arm und lächelte sie an. Es war das erste Mal, dass ich sie anfasste und ins Bett brachte, und das erste Mal, dass sie ein Schlaflied für Daniel sang und Daniel einschlief. An diesem Abend empfand ich sehr viel Liebe für die beiden, und sogar für mich selbst.

Nach Daniels Geburt fühlte ich mich blind und wacklig auf den Beinen, als müsste ich die Hände nach vorn strecken, um nicht zu stürzen, mich an den Wänden abstützen, um der Welt standzuhalten, tastend, ohne Ziel. Aber es gab auch Momente – der säuerliche Milchgeruch, der von Daniels Halskuhle ausging, und Nagores zerbrechliche Unschuld –, in denen ich das Gefühl hatte, alles werde gut. Auch

* Ich spreche katalanisch, damit du mich nicht verstehst, auch das hat mir mein Papa beigebracht, er hat immer gesagt, dass ihr gar nichts versteht.

das fällt für mich unter Überlebensinstinkt, und ich empfinde es als grosse Gemeinheit.

Geh und bring dein Kind in deinem eigenen Land auf die Welt, haben mir die Leute mal auf der Calle de Gerona hinterhergeschrien. Ich habe sie ignoriert und bin einfach weitergegangen. Nagore hat meine Hand noch fester gehalten. *No els facis cas, jo t'estimo,* hat sie zu mir gesagt. Wie bitte? Hör nicht auf sie, ich hab dich lieb. Nein, Nagore, hör du nicht auf sie. Diese Leute sind dumm. Ja, erwiderte sie, als würde meine Beleidigung sie amüsieren. Es gibt dumme Leute, dumme, dumme Leute, sagte ich und lachte auch. Ja, sehr dumme. Es gibt sehr dumme, sehr, sehr dumme, dumme, dumme, dumme Leute, wiederholte sie zufrieden, als würde sie mit dem Wort »dumm« gegen all das wettern, was ihr widerfuhr. Dumme, dumme, dumme Leute, sehr dumme!, und sie lachte übermütig. Es war befreiend für sie.

Ich fühlte, dass ich bereit war, etwas zu ihrer Erziehung beizutragen.

Fünfzehn Stunden vor Daniels Geburt begann ich zu spüren, wie sein Körper sich bereitmachte, mich in Stücke zu reissen: eine Art Pulsieren, das am unteren Rücken begann, um sich dann im Beckenraum zu konzentrieren. Es lag nichts Romantisches darin. Daniel das Epizentrum und ich das Nachbeben. Zittern,

Schüttelfrost und Fran, der mir sagte, ich mache das gut. Fünfzehn Stunden lang wollte ich, dass alles aufhört und die nächste Etappe erst gar nicht beginnt. Ich hatte immer Angst vor Daniel. Man muss schon reichlich naiv sein, um keine Angst vor einem neuen Leben zu haben. Er schlüpfte still aus meinen Falten. Fran und ich schauten zu, wie unser Sohn weggebracht wurde, noch bevor wir sein Gesicht hätten sehen können. Wir hätten ahnen müssen, dass er nie ganz uns gehören würde.

Daniel kam um neun Uhr morgens an einem 26. Februar auf die Welt. Daniel kam nicht auf die Welt, um uns glücklich zu machen.

Wenn ich aber den Menschen Angst
einflösste,
oder nur Widerwillen
oder nur Mitleid?

Wenn ich nicht im richtigen Stamm
zur Welt gekommen wäre
und mir die Wege verschlossen blieben?

Das Schicksal war mir
bislang gnädig.

Wisława Szymborska
Fragment aus »Im Gewimmel«

Als ich die Augen aufgemacht und gesehen hab, dass ich im Haus meiner Mutter bin, hab ich angefangen zu weinen. Ich hab mich beschissen gefühlt. Warum war ich bei ihr zu Hause und nicht bei mir? Da hab ich erst richtig kapiert, was Rafael für ein Scheisskerl ist. Wieso war er nicht bei mir, wieso hat er mich hier allein mit meiner Mutter gelassen? Dass ich schwanger war, hätte ich wissen können, als ich nicht mehr aufgehört hab zu bluten. Erst war noch alles normal, aber keine zwei Stunden später ist es der reinste Sturzbach gewesen. Da hab ich dann gewusst, dass es nicht normal war, und hab die Frau in der Apotheke gefragt, ob sie nicht irgendeine Tablette hätte, damit das Bluten aufhört, aber sie hat gemeint, nein, das wär nicht normal und dass ich wohl schwanger wär. Woher soll ich denn schwanger sein, hab ich gedacht, aber noch bevor ich antworten konnte, hab ich schon gespürt, wie mir das Blut die Beine runterläuft. Da ist die Frau in der Apotheke ziemlich erschrocken und hat den Doktor geholt, aber der Doktor hat nur die Hände über dem Kopf zusammengeschlagen und gesagt, ich soll sofort ins Krankenhaus, und jemand hat ein Taxi angehalten, und ich hab noch der Frau zugeschrien, dass sie Rafael Bescheid geben soll, Sie wissen, wen ich meine? Der Typ, der immer am Tacostand an der Ecke sitzt und was trinkt, Sie wissen doch, wen ich meine, oder? Aber ich war schon halb weggetreten vor Angst und hab nicht mehr gesehen, ob sie Ja oder Nein gesagt hat. Ich bin ins Taxi gestiegen und weiss nur noch, dass der Fahrer mir eine halbzerfetzte Plastiktüte hingehalten und gesagt hat, ich soll sie drunterlegen, weil ich ihm sonst den Sitz einsaue und er dann nicht mehr arbeiten kann. Und ich hab Ja gesagt und mich entschuldigt, und da sind mir schon die Tränen gekommen, weil ich nicht wusste, was los ist, und mich gefragt hab, bin ich denn wirklich schwanger geworden und hab nichts gemerkt? Aber wie kann denn das sein?

Im Krankenhaus haben sie mir gesagt, ich soll kurz warten, obwohl mein Rock schon ziemlich nass war und die Füsse und die Schuhe auch, also hab ich mich in der Notaufnahme auf den Boden gesetzt, bis ich drankam, und keine Ahnung, wie, aber irgendwann hab ich auf einer Trage gelegen mit einer Infusion im Arm neben lauter andern Frauen. Weisst du, was mit mir los ist?, hab ich die neben mir gefragt, aber sie hat ein Lass-mich-in-Ruhe-Gesicht gemacht, na schön, hab ich gesagt und auf den Arzt gewartet. Aber es ist kein Arzt gekommen, nur eine Krankenschwester, die nach der Infusion geschaut und gesagt hat, wenn die andere Schwester von der nächsten Schicht kommt, soll ich sie dran erinnern, dass ich schon Ketorolac gekriegt hab. Und ich hab Ja gesagt und gefragt, aber was hab ich denn?, und sie hat mich bloss komisch angeschaut, als ob ich es wüsste und mich nur dumm stell.

Ich hab schon gemerkt, dass Rafael angefangen hat, in mir zu kommen, wenn wir's während meiner Tage gemacht haben, so kann man ja nicht schwanger werden, deshalb hätte ich nicht im Traum dran gedacht, dass ich schwanger sein könnte. Obwohl ich wusste, dass er einen Knall hat, konnte ich's nicht fassen, als er gesagt hat, er mag, wie mein Blut riecht, es würde ihn antörnen. Ich hab gedacht, der spinnt, aber ich hab ihn gelassen, weil es hat sich gut angefühlt, er ist so leicht in mich rein- und wieder rausgekommen, dass ich sofort stöhnen musste, und dann hat er sich neben mich gelegt und sich mit dem Blut beschmiert, das ihm noch am Schamhaar und an den Händen geklebt hat, und es trocknen lassen. Irgendwie hat mich das angemacht, und ich hab ihn wieder angefasst, und wir haben es noch mal gemacht. Und er hat gesagt, dass er mich auseinandernehmen will, und ich, dass er das tun soll, und weil ich gedacht hab, jetzt könnte es richtig rundgehen, hab ich geschrien und mich an ihn geklammert. Aber dann, als alles vorbei war, wir schon halb eingedöst und weggedriftet, hab ich's gewusst, ich hab gewusst, er hat das alles nur gemacht, damit ich aufhör rumzunerven, dass er nie in mir kommt.

Sonst hat er ihn meistens rausgezogen, kurz bevor er fertig war, und ist dann auf meiner Brust oder meinem Schamhügel gekommen, was ich nicht mochte. Ich hab mich verarscht gefühlt. Aber ich hab ihn weitermachen lassen und noch angestachelt, weil ich gebetet hab, dass eins, nur ein einziges Spermium so intelligent wär, mich zu schwängern … Und eins hat mich geschwängert, aber ich hab's nicht gewusst, bis die Ärztin von der Sechsuhrschicht mir gesagt hat, ich hätte hoffentlich den Abort nicht selbst herbeigeführt, weil sie mich dafür ins Gefängnis stecken könnten. Keine Ahnung, was für ein Gesicht ich gemacht hab, jedenfalls ist ihr klargeworden, dass ich nicht den geringsten Schimmer hatte, was mit mir los war, und sie hat mir nur schnell den Arm getätschelt und ist gegangen. Und ich hab geweint wegen allem, darüber, wie es möglich war, dass ich nichts gemerkt hab, aber auch weil ich gespürt hab, dass wir es hätten retten können, die Blutung hat nämlich schon früher angefangen, nachmittags, am Tag davor. Ich hab Rafael aus dem Bett scheuchen wollen, weil ich das Laken schmutzig gemacht hatte, irgendwas war komisch, dass es so stark geblutet hat, und er hat gesagt, ich soll mich nicht so anstellen, das wär halt manchmal so, ich hätte mich jedenfalls angefühlt wie neu, und dann ist er eingeschlafen. Aber bevor er zur Arbeit ist, hab ich ihm gesagt, er soll mir Pfefferminztee vom Markt holen, weil ich solche Schmerzen hatte und was Warmes trinken wollte, und er hat gesagt, ja, er würde welchen bringen, aber dann war er spät dran und hat gesagt, heute Abend. Nicht mal einen Scheisstee, hab ich gesagt, und er darauf, ich würde ihn nur rumkommandieren, dann könnte er ja auch gleich gehen. Und dann ist er gegangen.

Im Krankenhaus haben sie mir die Arme zerstochert, weil ich so dünne Venen hab, und die Krankenschwestern haben miteinander geredet, als wär ich nicht da, und gesagt, was für eine Zeitverschwendung wir wären, machen die Beine breit und lassen uns anbrüten, und dann ist das Geheule gross. Die meisten von uns hätten es doch eh drauf angelegt, und dass wir Mörderinnen wären, so haben sie die von uns genannt, die ein Kind verloren haben, Mörderinnen, und ich wollte ihnen sagen, sie sollten besser die Schnauze halten, wenn sie keine Ahnung hätten, aber ich hatte Angst, dass sie mir wieder den Arm zerlöchern, und deshalb bin ich besser still geblieben. Aber die zwei Tage im Krankenhaus war das so, sie haben mir ins Gesicht gesagt, was für läufige Schlampen wir wären, könnten uns grad mal selber den Hintern abwischen, wären aber schon rollig wie die Katzen, und ich hab an Rafael gedacht, der hat gemütlich zu Hause gesessen und sich den ganzen Schwachsinn nicht anhören müssen. Und als ich dann zu Hause bei meiner Mutter aufgewacht bin und sie mir gesagt hat, Rafael hätte sie gefragt, ob sie uns helfen kann, weil er könnte sich nicht um mich kümmern wegen der Arbeit, hab ich mich beschissen gefühlt. Es gibt nämlich Momente im Leben, da bist du entweder da oder nicht, und er war ganz klar nicht da.

Jedenfalls hat er schon vor der Fehlgeburt angefangen mit seinem Scheiss. Meine Cousine hat mir gesteckt, dass er mit Silvia angebandelt hat, der Schwester von seiner Schwägerin. Rafael holt sie von der Schule ab, und dann verziehen sie sich zusammen, während du dich mit deinen Lutschern und den Süssigkeiten abrackerst, hat sie gesagt. Ich hab zwar ein Brennen im Bauch gespürt, aber getan, als würde es mir nichts ausmachen. Und, sieht sie gut aus, diese Silvia? Und meine Cousine hat gesagt, schon, aber nicht besonders. Du brauchst mir nichts vorzumachen, Cousine, ich weiss, dass ich nicht mehr dieselbe bin wie früher.

Aber das kann er doch nicht machen, hat sie zu mir gesagt, und ich, nein, kann er nicht, aber es kommt der Tag, da kriegt er's volle Kanne zurück.

Wenn ich es ihm nicht auf den Kopf zugesagt hab, dann aus Angst, dass der Teufel mit mir durchgeht. Ich hab von Frauen gehört, die ihren Männern die Schwänze abschneiden, und so eine wollte ich nicht sein. Ich hab mich zusammengerissen, weil ich gedacht hab, wenn ich auf ihn losgeh, dann mit dem Messer in der Hand, dann gibt's kein Halten mehr, dann hält mich nichts mehr zurück. Ich hab tief durchgeatmet, die Zähne zusammengebissen und gedacht, irgendwann ist der Kitzel auch vorbei, weil wenn er mich nicht mehr lieben würde oder nicht mehr mit mir zusammen sein will, wär es leichter, einfach zu gehen. Also hab ich gedacht, das muss diese Krise sein, die eintritt, wenn man nicht mehr scharf aufeinander ist, das geht vorbei, und irgendwann kommen sie dann mit eingezogenem Schwanz zurück. Ich geb zwar zu, dass ich Angst vor mir selber hatte, aber noch mehr Angst hatte ich vor ihm, weil bei jedem Streit ist er immer aggressiver geworden, und ich wollte nicht, dass er mich zusammenschlägt, damit alle dann sagen, nicht nur dass er sie betrügt, er verprügelt sie auch noch. Dann alles besser so stehenlassen. Und abwarten, dass es vorbeigeht bei ihm, hab ich mir gesagt. Aber ich hab ihn auch ziemlich getriezt, wie das eine Mal, als er mit dem Bombolocha angekommen ist und sich aufgeregt hat, dass ich ihnen kein Bier an den Tisch bringen wollte.

»Bring uns Bier.«

»Euch Bier bringen? Nicht mal, wenn du nur einen Arm hättest.«

»Tu nicht so blöd, bring es einfach …«

»Gar nichts werd ich euch bringen«, hab ich gesagt und weiter die warme Schokolade in die Lutscherförmchen gefüllt für die Bestellung, die ich ausliefern musste.

Rafael hat nichts mehr gesagt, aber fies angeschaut hat er mich, und erst recht, als der Bombolocha noch eins draufgegeben hat, dass man ihn nicht mal im eigenen Haus respektiert, dem Hahn wär wohl schon der Kamm geschoren worden. Ich hab getan, als hätte ich nichts mitgekriegt. Dann war das Spiel vorbei, und wir waren allein. Der Kurier von der Konditorei wollte die Lutscher abholen kommen, und ich bin ins Bad, um mir Gesicht und Hände zu waschen, und da ist Rafael hinter mir her und hat mich gegen die Wand geschubst. Dann hat er die Bierflasche an der Wand zerschlagen und mit dem Flaschenhals in der Hand vor mir rumgefuchtelt.

»Muss ich dir beibringen, mir Bier zu holen, wenn ich es sage?«

Ich hab einfach dagestanden und ihn ganz ruhig angeschaut, ganz still.

»Muss ich dir das verdammte Bier in den Arsch schieben, damit du es lernst?« Und dann hat er mich angespuckt.

Da bin ich dann ausgerastet. Dass er mir *was* reinschiebt? Die Flasche? Der muss komplett durchgeknallt sein, hab ich gedacht und ihn weggestossen. Fast wär ich auf die Glassplitter getreten, konnte aber grad noch ausweichen. Dann ist der Kurier gekommen, und wir haben uns wieder eingekriegt. Ich hab das Gespräch mit dem Kurier extra in die Länge gezogen, als er mir das Wechselgeld rausgegeben hat. Ich hab ihn gefragt, ob sie jetzt jede Woche eine Lutscherbestellung bei mir aufgeben, was denn seine Chefin gesagt hätte, ob er weiss, ob sie zufrieden wär mit den Lutschern. Und Rafael ist in die Küche und hat Schaufel und Besen geholt. Und ich hab mich weiter mit dem Kurier unterhalten, und der war ganz angetan und hat erzählt, dass die Chefin ordentlich Kohle macht und ich bei meinen Preisen was draufschlagen soll, und ich hab gedacht, jawohl, am besten für immer hier stehen bleiben, wer weiss, was nachher drinnen abgeht, und ich hab geredet und geredet, bis uns die Themen ausgegangen sind und der Kurier abgefahren ist. Als ich wieder ins Haus bin, hat Rafael schon auf dem gemachten Bett gelegen. Ich bin in der Küche geblieben und hab geweint, weil, obwohl

Rafael gesponnen hat und mir was antun konnte, wir waren doch eine Familie. Und ich wollte ihm schon sagen, wenn wir unsere Tochter haben, werd ich ihr Schokoladen- und Vanille- und Erdbeer- und Nusslollis am Stiel machen, und er würde dann sagen, das ist aber schön, und mich fest an sich drücken, aber natürlich hat er gar nichts gesagt, weil der verdammte Arsch hat schon mit anderen Frauen rumgevögelt, und ich hab die Schnauze halten müssen, weil wir hatten zwar beide Angst, aber er war immer noch der Stärkere.

Wir hätten einfach eine richtige Familie sein sollen, ich wollte eine Familie, und ich wollte sie mit Rafael, und ich hab es ihm gesagt, als ich bei meiner Mutter ausgezogen bin. Ich bin von da weg, weil sie meinen Bruder geschlagen hat, und danach haben wir ihn nie mehr gesehen. Das vergess ich nie, ich weiss nicht, warum, aber es tut mir so weh, dass meine Mutter meinen Bruder an dem Tag geschlagen hat, weil ich weiss, dass mein Bruder traurig gestorben ist, und das kann ich ihr nicht verzeihen.

Wir haben gefrühstückt, und mein Bruder hat Milch auf den Tisch gekleckert. Die Tischdecke war nass, aber wir zwei haben sie schnell abgetupft. Meiner Mutter war's egal, ob noch Flecken drauf waren oder nicht, sie wollte schlagen, sie hat ihm eine Kopfnuss gegeben, und mein Bruder ist voll mit dem Gesicht aufs Milchglas gefallen. Seine Lippe hat geblutet. Ich hab meiner Mutter gesagt, dass sie ihn nicht schlagen soll, sie würde ja sehen, was passiert, aber sie hat gesagt, ich soll mich da raushalten. Mein Bruder ist aufgestanden, um sich das Blut abzuwischen, und meine Mutter hat weitergegessen, als wär nichts gewesen. Ich bin wütend rauf in mein Zimmer. Kurz drauf klopft mein Bruder an die Tür und sagt, dass er jetzt geht. Ich hab gesagt, okay. Das war das Letzte, was ich zu meinem Bruder gesagt hab: okay.

In der Nacht ist er dann nicht nach Hause gekommen. Wir haben nicht so viel drauf gegeben, weil so war er halt, manchmal ist er nicht nach Hause gekommen. Aber dann sind drei Nächte vergangen. Da hat meine Mama mir gesagt, ich soll mal zu Neto gehen und nachfragen, warum mein Bruder nicht nach Hause kommt. Aber Neto war nirgends zu finden, und da, da hab ich's auf einmal mit der Angst zu tun gekriegt. Deshalb bin ich am fünften Tag ganz früh an die Bushaltestelle, ich wollte Neto abpassen. Der hat mich kommen gesehen, einen Zahn zugelegt und ist schnell rein in den Bus. Ich hinterher und hab es grad noch geschafft. Er hat dagesessen und das Gesicht zum Fenster gedreht. Ich hab mich neben ihn gesetzt.

»Wo ist mein Bruder?«

»Keine Ahnung, er ist nicht mal zur Arbeit gekommen.«

»Sag mir, wo mein Bruder ist, verdammt, Neto, spiel nicht den Dummen …«

»Ich weiss es wirklich nicht …«

»Verdammt, Neto, sei kein Arschloch, meine Mutter macht sich Sorgen, ich kenn meinen Bruder, aber so spät ist er noch nie nach Hause gekommen … das weisst du genau, also tu nicht so.«

»Nein, echt nicht …« Aber dann hat er zu heulen angefangen, und ich hab gemerkt, wie ich sofort Durchfall krieg. Er hat nichts gesagt, aber dann haben wir beide losgeheult im Bus. Wir sind dann eine früher raus, damit wir noch ein Stück gehen konnten und keiner mithört.

»Was ist passiert?«

Gar nichts wär passiert. Sie hätten ihn eingemauert. An dem Tag, als er von zu Hause weg ist, haben sie angeboten, sie zahlen ihm Überstunden und den doppelten Tageslohn, wenn er auch für die Nachtschicht bleibt, und dann ist er geblieben. Sie haben gearbeitet, und plötzlich ist irgendein Teil von der Betonmaschine runter in den Schacht, in dem er und ein Kollege gegraben haben, und der ganze Zement aus der Maschine ist auf sie drauf. Ein riesiges Chaos ist ausgebrochen, um sie da rauszuholen, aber irgendwann hat jemand gesagt, es wär viel zu kompliziert, sie würden's eh nicht überleben, keiner hat gewusst, was zu tun war, und die Zeit ist verstrichen und der Zement schon langsam getrocknet, und irgendwann hätten dann alle weitergearbeitet, als ob nichts gewesen wär.

»Erzähl keinen Scheiss, verdammt, Neto, so was kann doch nicht passieren ...«, hab ich gesagt und hysterisch gelacht.

Aber es ist passiert. Meine Mutter ist ein paarmal zur Baustelle gefahren, sie hat den Vorarbeiter gesucht, und dann ist sie zur Firmenleitung gegangen, aber niemand hat was gesagt, nein, mein Bruder wär einfach nicht bei der Arbeit erschienen, und wenn wir noch lange so weitermachen, würden sie ihn sogar verklagen wegen Fehlen am Arbeitsplatz. Aber Neto wüsste Bescheid, hat meine Mutter ihnen erzählt, doch als es dann drauf ankam, hat Neto den Schwanz eingezogen und gar nichts mehr gesagt.

Von da an hab ich den Anblick meiner Mutter nicht mehr ertragen. Ich hab sie nur noch gehasst. Warum hat sie meinen Bruder geschlagen, nur wegen der verschütteten Milch, darum? Deshalb hab ich zu Rafael gesagt, dass ich es nicht mehr aushalte und da rausmuss. Dann bin ich los, hab die Kaution für das Häuschen mit den zwei Höfen hinterlegt und war weg, ohne meiner Mutter Bescheid zu geben. Sie hat auch nicht nach mir gesucht und ich nicht nach ihr, bis zu dem Tag, an dem ich mein Baby verloren hab, und da hat sie sich dann um mich gekümmert, so gut sie konnte.

Mit meiner Mutter war das Problem, dass wir in allem ganz anders getickt haben. Keine Ahnung, wo ich gelernt hab, Eislutscher und Bonbons und Kuchen zu fabrizieren, aber es hat mir immer Spass gemacht, und ich hab kapiert, dass es auch Kohle einbringt. Du brauchst zwar Glück und einen Schutzengel, wenn du bei den Ladenbesitzerinnen ankommen willst, aber du musst auch wissen, wie man leckere Sachen macht, nicht nur schön hergerichtet, sondern auch mit Geschmack, und fürs Abschmecken schein ich ein Händchen zu haben. Jedenfalls hab ich ihnen Proben von meinen Kuchen und den kleinen Lutschern gebracht, greifen Sie zu, ist ein Geschenk, ohne Verpflichtung, Sie werden sehen, danach wollen Sie mehr, und dann wechselst du das Thema. Und wie geht's dem Töchterchen? Sie ist ja süss, hab ich gesehen, und Ihre Schmerzen, sind die weg? Schauen Sie, hier sind noch andre Sorten, probieren Sie, die kommen frisch aus dem Ofen, nur für Sie. Und die Frauen lachen, finden mich sympathisch, und dann verkauf ich ihnen die Lutscher, die Schokolade, die gefüllten Äpfel, die Käsetörtchen, die Kuchen, die verzierten Geleefrüchte. Und wie ich dann gesehen hab, dass mir genügend Geld zum Leben bleibt, bin ich weg von der Schule, und das hat dann bei meiner Mutter das Fass zum Überlaufen gebracht. Am Anfang hab ich ihr was abgegeben von dem, was ich verdient hab, damit sie sich nicht aufregt, aber wenn meine Mutter mal wütend ist, dann ist sie richtig wütend, sie hat mir zum Beispiel das Gas abgestellt, einfach so, sie hat mich nicht backen lassen, also bin ich zum Backen zu meiner Tante gegangen oder zu meinen Cousinen, und dann bin ich mit dem Geld angekommen und hab zu ihr gesagt, hier, das ist fürs Gas, es ist bald leer, und sie hat zwar das Geld genommen, aber ihre Meinung nicht geändert, es hat ihr nicht gepasst, dass ich aufgehört hab mit der Schule.

Aber zur Schule gehen, nur damit man hingegangen ist, nein. Ich hab's mit eigenen Augen gesehen, meine Cousine Irene zum Beispiel, die hat fertiggelernt und doch keine Arbeit gefunden, und am Ende hat sie geheiratet, und jetzt hat sie zwei Töchter, reine Zeitverschwendung war das, wozu lernen, wenn du dann doch nur zu Hause die Kinder hütest? Dann war da noch Carmela, immer gelesen, immer sehr fleissig in der Schule, die hat dann am Ende als Kassiererin gearbeitet, weil sie keine andere Stelle gefunden hat. Ich dagegen verdien zwar mehr Geld als meine Mama, sie behandelt mich aber immer noch wie die letzte Idiotin. Es hätte vielleicht auch andere Wege gegeben, ja, die hat es gegeben, aber ich hab gelernt, als Frau hast du deinen Platz in der Welt, und du bleibst, wo du bist, auch wenn du dich noch so sehr anstrengst.

Rafael und ich haben schon zusammengewohnt, da hat in einem von den Läden, die ich mit Geleebonbons und Schokolutschern beliefere, eine ziemlich schicke Frau meinen Schokolutscher probiert und der Inhaberin gesagt, sie will eine Grossbestellung aufgeben. Die Inhaberin hat ihr meine Telefonnummer gegeben, und irgendwann hat sie dann angerufen und zweihundert Stück bei mir bestellt, ich bin nervös geworden, hab den Auftrag aber angenommen und ordentlich Kohle dafür verlangt, und sie hat gezahlt. Sie hat gesagt, es wär für die Geburtstagsparty ihrer Tochter, und ich müsste sie irgendwo hinter Las Lomas hinbringen, und ich hab Ja gesagt, gar kein Problem. Ich hab wohl alles richtig gemacht, weil nach dem Fest sind neue Bestellungen reingekommen, eine Frau hat mich kontaktiert, die auch Gast auf der Party war und Besitzerin von so einem Laden für Luxusschokolade, und ich hab mir sogar jemand für die Buchhaltung zulegen müssen, für die Anmeldung beim Finanzamt und den ganzen Kram. So bin ich Lieferantin geworden: hab meine Kisten mit Schokolutschern im Lagerhaus abgeliefert, und sie haben gemeint, jetzt brauchst du nur noch einen fahrbaren Untersatz. Ich hab gesagt, ich werd mir einen Lieferwagen zulegen, hab mir aber nie einen gekauft, weil, obwohl ich Geld hatte, alles für Rafas Sachen draufgegangen ist, und dann hat es nicht mehr dafür gereicht, dass ich mir was kauf.

Wenn mich jetzt jemand fragen würde, ob ich Rafael ausgehalten hab, würde ich sagen Nein. Ich hab zwar die Miete fürs Haus übernommen, ihm aber nie auch nur ein Bier oder was gezahlt. Dass er mir so gut wie nie Geld gegeben hat, stimmt zwar, ich hab allerdings auch keins gebraucht, was ich von Rafael wollte, war eine Familie. Wenn man mich dann noch fragen würde, ob ich ihn geliebt hab, würde ich sagen Ja. Ich habe ihn geliebt, wie man Dinge liebt, die mit Erinnerungen verbunden sind, wie die Kärtchen von den Heiligen Drei Königen, Geburtstagsfotos, das Lieblingskleid, solche Sachen halt. Ob ich mir auch vorstellen könnte, ohne ihn zu leben? Ja, würde ich sagen, klar könnte ich ohne ihn leben, ich kann ja auch ohne meinen Vater leben, ohne meinen Bruder, ohne meine Mutter. Womit ich nicht leben könnte, ist, nicht Mutter zu sein. Warum ich mich da dran so festbeisse? Ja, weil, was ist denn verkehrt daran, Mutter sein zu wollen, was ist verkehrt daran, Liebe geben zu wollen? Ich wollte eine Tochter grossziehen, die anders wär als ich, als meine Mutter, als Rafaels Mutter, als meine Cousinen. Eine junge Frau, die anders ist, die sich von niemand was gefallen lässt, aber trotzdem liebevoll, was soll daran verkehrt sein? Deshalb, als Rafael sich einen Dreck um die Fehlgeburt geschert hat, war er plötzlich nicht mehr der Gleiche für mich. Ich hab gedacht, gut, es ist nicht seine Schuld, die Ärzte haben mir ja gesagt, so was kann passieren, das ist normal, ich soll mich nicht quälen, aber ich hab mich trotzdem schrecklich gefühlt, und ich hab ihn auch nie traurig darüber gesehen, dass wir unser Baby verloren haben.

Es war so, dass ich es nach der Fehlgeburt einfach nicht mehr ausgehalten hab zu Hause bei meiner Mutter, erst mal wegen ihr, aber es war auch komisch, zu sehen, dass die Tür zum Zimmer von meinem Bruder immer zu war, ich hatte Angst, dran vorbeizugehen, weil ich wollte die Tür aufmachen und ihn sehen, ich hab wirklich gedacht, ah, mein Bruder ist da in seinem Zimmer, ich stör ihn jetzt nicht. Und ich hab den Gedanken noch weitergesponnen, bin nachts ganz dicht an die Wand zu seinem Zimmer und hab mit ihm geredet, ach, Bruder, beinah wärst du Onkel geworden, aber es hat nicht sollen sein. Und irgendwann ist es mir plötzlich wieder eingefallen, glasklar hab ich mich dran erinnert, als ich fünf Jahre alt war und er zwölf, wir waren im Wohnzimmer, und auf einmal hat er mich auf den Mund geküsst, ich war total durch den Wind, bin aus dem Haus gerannt und wusste nicht, was ich sagen sollte. Ich weiss noch, dass ich es meiner Mama erzählen wollte, aber Angst hatte, dass sie ihn verprügelt. Ich hatte keine Ahnung, ob das was Gutes gewesen war oder was Schlechtes, ob Gefühle dabei waren oder er mir was Böses wollte. Der Magen hat sich mir umgedreht, und mir ist ganz schlecht geworden. Danach hab ich dann Rafael angerufen und ihm gesagt, er soll jetzt aufhören, so blöd zu tun, und mich abholen kommen, ich wolle jetzt nach Hause.

Und als ich die ersten Tage wieder zu Hause war, haben wir kaum miteinander geredet, damit wir uns nicht streiten, deshalb haben wir uns so gut wie ignoriert, keiner von uns hat Gas gekauft, und an einem Morgen ist es dann mitten beim Backen für eine Bestellung ausgegangen, und er ist in die Dusche gestiegen und hat halt kalt duschen müssen. Er ist ausgerastet, hat mich angeschrien, ich wär eine verfluchte Chaotin und was weiss ich, ich hab gesagt, ja, scheiss auf deine Fünfminutendusche, meine ganze Bestellung ist im Eimer. Ich hab ihn losgeschickt, nach dem Gaswagen Ausschau zu halten. Ich hab mich an den Tisch gesetzt und schon drüber nachgedacht, die Bleche zu meiner Tante zu bringen, hatte aber Angst, dass sie an der Luft verderben, dann ist er wieder ins Haus gekommen und hat mich komisch angeschaut. Ich hab gedacht, jetzt hält er mir einen Vortrag, wenn ich praktischer veranlagt wär und ab und zu mal die Gasflasche anheben würde, um rauszufinden, ob noch genügend drin ist oder nicht, aber nein, er hat mich einfach weiter angestarrt, bis ihm Tränen in die Augen geschossen sind.

»Was ist?«, hab ich ihn gefragt.

»Nichts.«

»Geht's dir nicht gut?«

»Nein.«

»Was ist los?«

»Nichts.«

»Ach …«

Und dann hat er angefangen zu weinen. Ich bin aufgestanden und hab ihn in die Arme genommen, und zu meiner Überraschung hat er mich auch umarmt und Rotz und Wasser geheult. Sein breiter Rücken und seine langen Arme haben gebebt, er hat geweint und geweint. Ich hab ihn an mich gedrückt und gedacht, was ist denn mit dem los, aber ich hab ihn festgehalten. Und er hat geweint und geweint, bis ich ein bisschen gekichert hab, was ist denn mit dir passiert? Dann haben wir den Gaswagen gehört, und ich hab gesagt, er soll ihm hinterher, damit er uns nicht entwischt. Er hat sich losgemacht, das Gesicht abgewischt und hat eine Gasflasche besorgt. Erst hat er mir geholfen, den Boiler in Gang zu bringen, dann hat er sich ein Brötchen geschnappt und in die Jacke gesteckt, damit er für unterwegs was zu frühstücken hat. Bevor er gegangen ist, hat er sich ins Küchenfenster gelehnt und mich lang angeschaut, ich hab gelacht, als würde ich mich über seine Heulerei lustig machen. Hab ihn nachgeäfft, und er hat gelacht und gesagt, fick dich selber. Dann hat er sich den Rucksack aufgesetzt und eine Mütze, wegen der Kälte.

»Scheisse, hast du mir einen Schreck eingejagt, du bist nicht dafür geboren, schwanger zu sein, das muss ein Zeichen Gottes gewesen sein«, hat er gesagt und rauf in den Himmel gezeigt. Er hat mir einen Luftkuss geschickt und ist gegangen. Ich hab den Wasserhahn zugedreht und bin ganz still stehen geblieben.

Als hätte er mit seinen Worten einen Kübel Eiswasser über mir ausgekippt.

Es hat ein paar Monate gedauert, bis sich mein Körper von der Fehlgeburt erholt hat. Aber dann hat mir meine Cousine gesteckt, dass Rafael sich immer noch mit dieser Silvia trifft, und da bin ich wirklich ausgeflippt. Ich hätte es aber auch nicht unbedingt wieder mit ihm treiben wollen, es hat mich schon geekelt, dran zu denken, dass er sich mit der anderen rumwälzt, aber es ging noch weiter, ich hab mich auch vor seiner Ahnungslosigkeit geekelt, davor, dass er so ein Muttersöhnchen war, Mama hier, Mama da. Ich hab angefangen, ihn als Kind zu sehen, als einen Freund, nicht als Partner. Aber ich bin nicht drüber weggekommen, dass ich so viel in ihn reingesteckt hatte, so viel Zeit, so viele Sachen, und das alles nur, damit wir uns einfach so von einem Tag auf den anderen nicht mehr lieben. Also hab ich ein bisschen rumgestachelt.

»Dass du und ich nicht mehr vögeln, hat nichts mit der Silvia zu tun, du machst mich einfach nicht mehr an. Ich sag's dir, damit du nicht auf falsche Ideen kommst.«

»Von was redest du?«

»Eben, dass wir nicht mehr miteinander vögeln, ist nicht, weil du es mit der Silvia treibst, sondern weil du mich ankotzt.«

»Red keinen Scheiss, schläfst du mit jemand anderem, du Schlampe?«

»Wichser, du hörst ja nicht mal zu …«

»Hure.«

»Wichser.«

»Hure.«

»Wichser.«

Und so immer hin und her. Dann bin ich hin zur Couch, wo er gesessen hat, und hab mir das Höschen runtergezogen. Ich hab seine Hand genommen und sie auf meine Vagina gelegt. Er hat mich angeschaut, voll von der Rolle.

»Was denn? Siehst du, du machst mich nicht mehr an …«

Ich hab's kaum gesagt, da bin ich auch schon feucht geworden. Er ist aufgestanden und hat angefangen, seine Finger in mich reinzustecken.

»Ach ja, und jetzt auch nicht?«

»Nein.«

Und er hat es mir mit der Hand besorgt, sich dabei die Hose aufgeknöpft und mir dann seinen Schwanz reingesteckt. Ich hab ihn ein bisschen machen lassen, bin dann aber weg, und er hat mehr gewollt, ich bin dann wieder weg, und so ist es eine Weile gegangen, bis er es dicke hatte und mich auf den Boden geschleudert hat, auf alle viere, dann hat er mich an den Haaren gerissen und gefickt. Ich hab mir auf die Lippen gebissen, irgendwo zwischen Nichtwollen und Lust, und weil ich drauf aus war, dass er in mir kommt, und das hab ich geschafft. Ich hab gedacht, klar find ich mich nicht damit ab, alles Mögliche werd ich unternehmen, um Mutter zu sein, und ich werd ihnen schon das Maul stopfen, ihm und seinem Gott.

Keine Ahnung, ob er gemerkt hat, dass meine Gefühle für ihn langsam in Hass übergehen, ich selbst hab mich jedenfalls schlecht dabei gefühlt. Hass säen ist nämlich einfach, schwieriger ist es, ihn zu überwinden, und ich wusste, dass ich durch die Sache zwischen meiner Mama und meinem Bruder schon ziemlich viel Schmerz zu tragen hatte, deshalb wollte ich auf keinen Fall auch noch Hass im eigenen Haus. Als dann langsam die Bestellungen für die Häuser der reichen Señoras eingetrudelt sind, hab ich mich gefreut, nicht nur wegen dem Geld, sondern auch weil ich samstags mal rausgekommen bin und mich nicht ständig mit Rafael streiten musste, der meistens im Morgengrauen besoffen nach Hause gekommen ist und, wie ich jedenfalls gemeint hab, nach dieser Silvia gerochen hat, solche Ausflüge haben mir gutgetan.

Es waren auch keine richtigen Ausflüge, weil, ich kam mit meinen riesigen Taschen voller Lutscher daher und musste drauf achten, dass sie nicht zusammenkleben und die Ware heil ankommt, in der Metro hab ich die ganze Zeit höllisch aufpassen müssen, und erst im Taxi konnte ich mich dann entspannen und mir die schönen Häuser anschauen und die Gärten, was für ein friedliches Gefühl, als wär ich in einer andern Welt.

Einmal hab ich eine Bestellung nach Desierto de los Leones geliefert, zu einem riesigen Haus in einem Wäldchen, dahin kam man sowieso nur mit dem Taxi, und der Fahrer konnte nirgends parken, weil überall Geländewagen rumstanden. Hör mal, ich komm hier nicht durch, hat er ständig gesagt. Und ich, Mist, dann fahr mich halt so nah ran wie möglich, ich kann die Taschen nicht auf die Erde stellen, du siehst ja, da ist was zum Essen drin. Und dann haben wir zwei Ausschau gehalten, wo er seine klapprige Karre abstellen kann, ohne ein anderes Auto zu schrammen, damit ich mit meinen Lutschern aussteigen kann.

Sie haben mich aufs Grundstück gelassen bis an den Pool, uff, was für ein Haus, hab ich gedacht. Ich hab mich schrecklich gefühlt in meinen schäbigen Klamotten, meinen abgelatschten Plastikschuhen; und die da alle so mit schicken Kleidern, das Weinglas in der Hand, die Haare frisch gewaschen und mit graden weissen Zähnen. Ich soll auf die Dame des Hauses warten, hat mir ein Mädchen gesagt, sie ist gerade in einem Gespräch, und ob ich ihr helfen kann, die Lutscher anzurichten, da, neben dem Schokoladenbrunnen und den Erdbeeren, damit der Tisch ein bisschen hübsch aussieht. Aber natürlich, hab ich gesagt, da werden sich die Lutscher – meine Lutscher – sehr gut machen. Und ich hab sie ausgelegt und gedacht, sollen sie ruhig sehen, dass ich die bin, die sie gemacht hat, und nicht bloss zum Gaffen gekommen bin, sondern dass meine Lutscher – meine Lutscher – ihre Kinder glücklich machen werden. Ihre Kinder.

Ich hab mir die Gäste angeschaut, eine Frau mit zwei blonden Kindern, richtig blond, ist mir ins Auge gestochen, ein Mädchen und ein kleines Kind, ungefähr drei Jahre alt. Ich hab nicht ganz kapiert, wer sie war, vielleicht das Kindermädchen? Eher nicht, dafür war sie zu gut angezogen, entspannt, stand neben einem grossen, gutaussehenden Mann, der ziemlich ernst dreinschaute. Sie hat mich jedenfalls fasziniert, vor allem weil das Mädchen immer wieder zu ihr hingegangen ist, ihr einen Kuss gegeben oder sie umarmt hat. Später hab ich gesehen, wie die beiden sich am Pool mit dem Kind beschäftigt haben. Ich musste schlucken, es war der hübscheste Junge, den ich je gesehen hab. Er hatte lange Löckchen und Augen, so gross, dass sie das ganze Gesicht ausgefüllt haben. Das war das erste Mal, dass ich Leonel gesehen hab. Da ist dann schon die Hausherrin gekommen, hat mich ausgezahlt und sich bei mir bedankt. Danach bin ich gegangen, bin aber extra noch mal an den Kindern vorbei. An den beiden Kindern, die Frau hat nämlich nicht mal nach mir geschaut, als gäb's mich gar nicht, aber vielleicht war sie auch einfach nur genauso gebannt von dem Jungen wie ich. Seit dem Tag ist mir sein kleines Gesichtchen nicht mehr aus dem Kopf gegangen, keinen einzigen Moment.

Wie haben die zwei nur ein solches Kind hinbekommen? Er war ein weisser blonder Junge, ein *güero,* aber goldig wie ein Engel, ein Glückskind, bildhübsch. Ich hab wieder Lust auf meine eigene Tochter gekriegt, aber längst nicht mehr dran geglaubt.

Irgendwann ist dann mal Rafael mit Neto und dem Bombolocha bei uns zu Hause aufgekreuzt, und sie haben erzählt, der Onkel von Luis hätte ihnen gesagt, sie sollen sich aufmachen über die Grenze. Ich hab nur abfällig mit der Zunge geschnalzt. Neto hat gesagt, ich würde das nicht begreifen, ich würde die Chancen nicht erkennen. Was für Chancen? Richtig Kohle zu verdienen, dasselbe, was er hier auf dem Bau macht, könnte er drüben auch machen, aber dort wär es eben anständig bezahlt. Zehnmal besser bezahlt, hat Rafael noch gemeint. Es war ihnen wirklich ernst, da hab ich erst mal die Plastiktütchen geholt und ihnen gesagt, sie sollen mir beim Eintüten helfen. Dabei haben sie dann erzählt, dass der Onkel von Luis einen Schlepper als Cousin hat, und dieser Schlepper hätte garantiert, sie würden mit hundertprozentiger Sicherheit rüberkommen.

»Kann ja nicht so schwer sein. Ist ja nur eine Mauer, ein Fluss.«

»Na, viele sind dabei schon gestorben.«

»Aber noch mehr haben's rübergeschafft«, hat Rafael gesagt.

»Es ist ein Glücksspiel, aber wer nicht wagt, der nicht gewinnt.«

Sie waren Feuer und Flamme, weniger wegen dem Geld, hab ich gedacht, sondern weil sie den immer gleichen Trott hier leid waren.

»Hast du Schiss, dass Rafa geht?«, hat mich Neto gefragt.

»Nein, hab ich nicht, er muss selber wissen, was er tut«, hab ich gesagt.

Sie haben ihn hochgenommen, dass sie gehen würden und er, der brave kleine Junge, hierbleibt und zuschaut, wie sie fleissig Kohle scheffeln, während er abgebrannt zu Hause rumhängt. Erst hat Rafael noch gelacht, aber dann ist er ernst geworden und hat mich gefragt, ob ich die Idee wirklich nicht gut finde. Ich hab ihm gesagt, er kann tun und lassen, was er will, wenn er es für eine gute Gelegenheit hält, soll er's versuchen, aber was denn die Reise kosten würde und wie der Schlepper denn genau garantieren könnte, dass sie heil und sicher ankommen. Sie haben was von 45 000* pro Person gesagt. Bar auf die Hand, nicht in zwei oder drei Raten, alles auf einen Schlag, am gleichen Tag: Am Tag, an dem du zahlst, bringt er dich rüber.

»Und woher nehmt ihr das Geld? Das ist ein ziemlicher Batzen«, hab ich gesagt.

»Das kriegt man schon hin, die Sache ist, erst mal rüberkommen, nur für kurz, es geht nicht drum, das

* Entspricht ca. 2300 Euro.

ganze Leben dazubleiben, es geht nur ums Kohlemachen und damit dann hier ein kleines Geschäft aufzuziehen«, hat Neto geantwortet.

Ich hatte verstanden. Neto, zum Beispiel, seitdem das mit meinem Bruder passiert war, wollte er weg von der Baustelle, und er ist auch mal weg, musste aber wieder zurück, weil er nichts anderes gefunden hat.

»Und wenn ich mitwill?«, hab ich gefragt.

»Nein, du nicht, es ist gefährlich«, ist sofort von Rafa gekommen.

»Na, toll, du kannst, aber ich nicht ...«

»Sei nicht blöd, lass Rafa gehen und sich die Eier abarbeiten, und ihr spart für deinen Lieferwagen, damit du deine Lutscher ausliefern kannst, er soll dir einen anständigen Ofen kaufen, lass den faulen Sack endlich mal ranklotzen, damit er dir nicht länger auf der Tasche liegt«, hat der Bombolocha gesagt, mit diesen Murmelaugen, die aus seinem Gesicht gelacht haben.

»Wir müssen Geld für die Babys sparen, die wir kriegen werden, es wird langsam Zeit, dass wir sesshaft werden«, hat Rafael gesagt und meine Hand genommen.

Dann hab ich sie gebeten, mir noch mal genau zu erklären, was, wie und wann, und wir haben Pläne geschmiedet. Wir haben uns überlegt, besser vor Weihnachten, damit es nicht so schwer für sie wird, auch weil die Sonne in der Wüste dann nicht so stark ist, es ist nämlich einfacher, vor Kälte zu zittern, als zu verdursten. Sie waren ganz aus dem Häuschen, ich auch, ich hab geglaubt, jetzt meint Rafael es wirklich ernst. Noch in der Nacht, als die Jungs losgezogen sind, hab ich ihm gesagt, wenn es drum gehen würde, Geld für die Babys zu sparen, könnte er auf mich zählen. Und wir haben mein Erspartes gezählt: Bloss 15 000 Pesos haben gefehlt. Wir haben angefangen zu träumen, er geht für ein Jahr, und dann heiraten wir und kriegen mein Kind. Ich bin glücklich eingeschlafen.

Aber die Freude hat nur kurz angehalten. Zwei Tage später haben zwar alle auf ahnungslos gemacht, aber ich weiss genau, dass der Bombolocha oder Neto mir mein Geld geklaut hat. Zuerst hab ich gedacht, Rafael steckt auch mit drin, aber als ich gesehen hab, wie bleich er geworden ist und dass er gleich losgezogen ist, um sie zu suchen, war ich mir nicht mehr ganz sicher. Niemand hat was gewusst, aber Geld verschwindet nicht einfach so.

Obwohl das Geld futsch war, wollte Rafael unbedingt über die Grenze, er hat sich wahnsinnig drüber aufgeregt, dass das Geld weg war, und mir sogar vorgeworfen, ich würde behaupten, es wär weg, nur damit ich es ihm nicht leihen muss, er hat angefangen, jeden um Geld anzupumpen. Ein paar von seinen Brüdern haben ihn unterstützt, und innerhalb von zwei Wochen hatte er die 45 000 zusammen. Bevor er gegangen ist, hat mich seine Mutter besucht und gefragt, ob ich nichts unternehmen will. Ich hab gesagt, nein, ihr Sohn wär schon erwachsen genug, um zu wissen, was er tut, und das Geld würde uns guttun, ihr übrigens auch, ich wusste ja, dass Rafael ihr immer was zusteckt. Sie hat mich naiv genannt und dass ich mich ja eh nur aushalten lassen würde. Und zum ersten Mal bin ich ihr gegenüber laut geworden: Ich lass mich aushalten? Dabei ist ihr Sohn der Hungerleider, ob sie überhaupt weiss, dass ich diejenige bin, die die Brötchen nach Hause bringt. Und sie hat weitergebohrt, na, wenn ich schon dermassen in Geld schwimme, warum lass ich dann ihren Sohn ziehen. Ich war kurz davor, mich ins Zeug zu legen und ihr richtig Paroli zu geben, aber dann hab ich gedacht, diese Frau wird auf jeden Fall die künftige Oma meiner Tochter sein, also hab ich ihr nur gesagt, sie soll sich beruhigen, und wenn sie was loswerden will, soll sie sich das für Rafael aufsparen.

Die drei sind also an einem Dienstag um Mitternacht losgezogen, der Onkel von Luis sollte sie in Matamoros in Empfang nehmen. Rafael und der Bombolocha waren drei Tage später wieder da. Sie haben nicht gesagt, warum, sie haben nur gesagt, dass sie nicht rüberkonnten.

»Aber warum hat es bei Neto geklappt?«, haben wir alle gefragt.

»Na, weil der verdammte Neto ein Arschloch ist«, haben die beiden gesagt.

»Und was ist mit den Schulden, die wir gemacht haben, damit ihr rüberkönnt?«

»Die zahlen wir schon zurück«, haben sie gesagt.

»Und die Babys?«, hab ich gefragt und war kurz vor den Tränen.

»Was für Babys?«, hat Rafael gefragt.

»Die du mir machen wolltest, wenn du mit dem vielen Geld zurückkommst!«, hab ich geschrien und losgeheult.

»Es wird keine Babys geben, ich werd dich nicht schwängern, es wird überhaupt kein verdammtes Baby in diesem Haus geben. Wenn du Babys willst, dann geh und mach sie dir selbst!«, hat er gebrüllt und ist abgedampft.

Rafaels Mama hat zu mir gesagt, weiss der Teufel, was da los gewesen ist, aber Hauptsache, Rafael ist heil zurück, im Norden würden schreckliche Dinge passieren. Sie hätte gehört, auf einer Ranch in Tamaulipas wären zweiundsiebzig Leichen gefunden worden. All die Leute hätten über die Grenze gewollt. Vielleicht hat Rafael was Schreckliches gesehen und gut dran getan umzukehren. Ich hab nichts gesagt, aber es stimmt, es hat zweiundsiebzig Tote gegeben, das kam in den Nachrichten, und dass das nur ein Bruchteil wär, sicher wären da noch viel mehr. Zweiundsiebzig Menschen, die erst verschwunden sind und dann tot waren, allesamt, aufeinandergestapelt wie Müll. Kein Hahn hat danach gekräht.

Deshalb war ich auch froh, als Neto mich mal angerufen hat. Dass er jetzt in Houston wär, das pure Leben, hat er gesagt und gelacht. Alles Arschlöcher dort, hat er gesagt. Wie hier, hab ich gesagt. Und er, nein, dort wär es schlimmer.

»Aber du sparst doch Geld?«, hab ich ihn gefragt.

»Ja, ich spar, und ich werd dir was schicken, damit du dir deinen Lieferwagen holen kannst«, hat er gesagt.

»Wie kommst du denn dazu, Mann? Wir sind ja nicht mal verheiratet.«

»Aber dein Mann gibt dir ja auch nichts.«

»Sieht beinah so aus, als hättest du mir die Kohle geklaut, und jetzt plagt dich dein Gewissen«, hab ich im Spass gesagt.

»Ach, lass gut sein, ich helf einfach, damit du dir deinen Wagen kaufen und deine Süssigkeiten ausliefern kannst, wirst schon sehen.« Und wir haben beide gelacht.

»Pass auf dich auf, Ernesto«, hab ich gesagt, und dann haben wir aufgelegt. Wir haben nie wieder was von Neto gehört. Hoffen wir mal, dass er dort sehr glücklich und zufrieden ist. Aber wer weiss das schon.

Zu Hause hat sich die Lage auch nicht gebessert: Rafaels Bruder wurde krank und war nicht versichert. Am Anfang hat er eine gute Behandlung bekommen, aber nach sechs Monaten hatte niemand mehr Geld, um ihn zu unterstützen, und leihen konnten sie auch nichts, weil sie immer noch Schulden hatten wegen Rafaels Reise. Nach langem Hin und Her hat die Familie beschlossen, dass er, wenn er denn sterben muss, zu Hause sterben soll.

Was mich angeht, ich hab Rafael ständig gedrängt, dass er mir erzählen soll, was an der Grenze passiert ist, er hat aber nie was gesagt. Allerdings ist er manchmal nachts schweissnass aufgewacht und konnte nicht mehr einschlafen, es war klar, dass er Albträume hatte.

»Willst du mir nicht sagen, was passiert ist?«

»Gar nichts ist passiert, wir sind einfach nicht rübergekommen, das war's.«

»Du bist so ein verdammter Lügner.«

Er war aber nicht mehr derselbe, ich auch nicht. Wir haben uns kaum gesehen, er war fast die ganze Zeit bei seiner Mutter und der Familie. Er war nachdenklich, und seine Scheissegal-Einstellung hat mich wahnsinnig gemacht. Wir hatten auch keinen Sex. Einmal, als ich meine Tage bekommen hab, hab ich gesagt, er soll es mit mir machen, wie früher, aber er hat nur gelächelt und mir einen Kuss auf die Stirn gegeben. Da bin ich auch traurig geworden und hab an die Schwangerschaft und all das denken müssen. Ich musste was tun, damit ich da wieder rauskomme. Oft hab ich an das blauäugige Mädchen und sein Brüderchen gedacht, hab mich an ihre Stelle gewünscht: ein kleines Mädchen sein und hübsch, eine Mama und ein Brüderchen haben. Ich hab gedacht, dass es vielleicht da draussen noch ein anderes Leben gibt, andere Wege, andere Freunde, andere Männer, die mich schwängern wollen, wie zum Beispiel Neto. Warum ist mir eigentlich Neto nie aufgefallen?

An dem Tag, diesem bestimmten Tag, hab ich aus dem Fenster geschaut und gesehen, dass es regnen wird, aber ich hatte das Gefühl, im Haus zu ersticken, also hab ich mir den roten Schirm geschnappt und bin spazieren gegangen. Ich bin in den Bus gestiegen, wie eine Schlafwandlerin war ich unterwegs, als würde mir eine Kraft einflüstern, wo genau ich hingehen soll. Dann bin ich bei einem Park ausgestiegen, den ich vom Bus aus gesehen hab, und hab mich auf eine Bank gesetzt und den Kindern beim Spielen zugeschaut, an der Rutsche und bei den Schaukeln, auf der Wippe, am Klettergerüst. Da bin ich für eine Weile geblieben.

Dann hab ich gesehen, wie eine Frau mit einem Jungen ankommt, und ich hab sie erkannt. Es war Leonels Mutter, die vom Fest, die mit den blonden Kindern, und ich wusste, dass es seine Mutter war, weil sie den Kleinen ein paarmal »mein Sohn« genannt hat. Sie waren ungefähr zehn Meter von mir entfernt. Ich hab mich gereckt, damit ich sie besser sehen konnte. Waren das wirklich sie? Ich hab den kleinen Jungen lachen gehört und hätte am liebsten geweint. Ich hab mir die Haare hinters Ohr gestrichen und gespürt, wie es mich irgendwie von der Bank zieht. Seine Mutter hat immer mal was zu ihm gesagt, war aber mehr mit ihrem Telefon beschäftigt. Das Kind ist zum Sandkasten gegangen. Ich bin ein bisschen näher zu ihm hin. Es hat angefangen zu nieseln.

Dann ist der kleine Junge wieder zur Wippe gegangen, und seine Mama hat gesagt, er soll vorsichtig sein oder so was. Ich bin noch näher ran. Als ob ich an ihm riechen wollte. Dann hab ich den roten Regenschirm aufgespannt, und keine Ahnung, wie und was mich da überkommen oder getrieben hat, aber ich hab Leonel hochgehoben und bin schnell mit ihm auf die Strasse, wo ich in das erstbeste Taxi gestiegen und mit dem Jungen abgehauen bin, der angefangen hat zu weinen. Ich hab die ganze Zeit zurückgeschaut, aber das Taxi ist weiter geradeaus gefahren. So hat alles angefangen.

Dritter Teil

Es hätte geschehen können.
Es hat geschehen müssen.
Es war schon früher geschehen. Später.
Näher. Ferner.
Es ist nicht dir geschehen.

Wisława Szymborska
Fragment aus »Alle Fälle«

Warum weinen wir, wenn wir auf die Welt kommen? Weil wir gar nicht auf diese Welt hätten kommen sollen.

In der Überzeugung, mein Körper sei der Spiegel meines Seelenzustands, rechnete ich mit dem Ausbrechen irgendwelcher Krankheiten, war aber nicht in der Lage, mich selbst in Augenschein zu nehmen. Bis heute vermeide ich Spiegel, ich möchte nicht sehen, wer ich bin. Schon damals wusste ich, dass nicht ich es war, die diesen Körper bewohnte, sondern dass er bloss ein Behältnis war, eine Art leerer Hof, in den der Lärm der Stadt von weit her eindrang. Das leere Haus, solide gebaut, aber niemals bewohnt und finster. Der weisse Elefant. Vielleicht ist Daniel deshalb als Autist auf die Welt gekommen, damit er nicht mit mir zu interagieren brauchte; vielleicht hat Vladimir deshalb die Flucht vor mir ergriffen und das Weite gesucht, um sich von meiner nichtigen Persönlichkeit zu befreien. Vielleicht hat mich Fran nie geliebt und ist durch die Umstände zum Weitermachen gezwungen worden, und vielleicht ist Nagore deshalb eines Tages zu uns ins Zimmer gekommen und hat uns mitgeteilt, dass sie zurück nach Spanien will. Ihr Körper hatte sich mächtig verändert und beherbergte nun eine Frau von unentrinnbarer Lebendigkeit.

Sie gaben uns Flugblätter mit Daniels Foto, mit Angaben zu seiner Person und den äusseren Merkmalen, damit wir sie überall in der Stadt an die Wände kleben konnten. Sie versprachen uns, welche an den Metrostationen aufzuhängen und sich auch mit anderen Bundesstaaten zu koordinieren. Das haben sie nie getan. Sie haben uns einen Gutschein für eine psychologische Behandlung ausgehändigt und eine Telefonnummer mitgegeben, die wir jederzeit anrufen konnten, Fran hat es mehrmals versucht, aber nie jemanden erreicht.

Ihr Sohn ist Autist, und Sie haben ihn allein gelassen?, fragte die Frau, die für mich zuständig war. Sie schrieb das unter Besondere Kennzeichen in den Bericht: *ist Autist,* um sein Verschwinden zu normalisieren und es mit meiner Dummheit in Zusammenhang zu bringen. Was hat er zu dem Zeitpunkt getan? Wir waren im Park. Ach ja, und dann hat ihn jemand mitgenommen? Nein, ich weiss es nicht. Haben Sie niemanden in der Nähe bemerkt? Nein, oder doch, da waren viele Leute. Und Ihnen ist nichts Aussergewöhnliches aufgefallen? Nein. Und hat der Junge geschrien? Nein, er hat nicht geschrien. Sind Sie sicher? Nein. Womit waren Sie unterdessen beschäftigt? Mit irgendwas müssen Sie ja beschäftigt gewesen sein, dass Sie nicht bei Ihrem Sohn gewesen sind. Doch, ich war bei meinem Sohn, aber er hat gespielt … Mit wem? Allein, er war allein. Aha, mhm … Sie sind alleinerziehend, haben Sie ihn geliebt? Wie, ob ich ihn geliebt habe? Er ist mein Sohn! Aha, mhm … Sie können da drüben warten.

Sie haben uns Ratschläge gegeben, aber niemals die Hoffnung, ihn zu finden.

Und wenn er zurückgekommen ist und mich nicht gefunden hat, weil ich nicht mehr da war? Nein, er ist nicht zurückgekommen, weil er nie gegangen ist. Du gehst in das Zimmer, in dem er sein müsste, und streichelst die Matratze: *Komm jetzt zurück.* Aber er kommt nicht, also schliesst du die Augen und, egal ob für zwei oder für dreissig Minuten, wenn du sie öffnest, denkst du, es war nur ein Albtraum, ein Albtraum, weiter nichts. Aber er ist nicht da, er ist nicht da. Da sein, das Wort, das uns zu Menschen macht. Der Albtraum hört niemals auf.

Ich hängte einige Suchanzeigen in der Nähe vom Haus auf und beim Park, in dem Daniel verschwunden war. Es mangelte nicht an Neugierigen, die sich an dem Schmerz ergötzten, mit dem ich mich vom Bild meines Sohnes verabschiedete. Sie schauten hin, sahen aber nicht, sie schauen nie genau hin, und wenn sie es tun, dann nur, um sich zu versichern, dass bei ihnen alles gut ist. Das Unglück anderer rückt unsere eigene Schieflage wieder ins Lot. Einmal hörte ich, wie eine Frau auf Daniels Autismus reagierte. Der arme Kerl, hoffen wir, dass er tot ist, sagte sie. Und ich presste die Lippen und Fäuste zusammen, weil ihre Worte der Widerhall von etwas waren, was ich nicht aussprechen konnte.

Egal was man darüber sagt: Tot ist besser als vermisst. Die Vermissten sind wie Massengräber, die sich in uns auftun, und wir, die Hinterbliebenen, sehnen uns nur danach, sie endlich schliessen zu können, damit aufzuhören, uns zu zerfleischen, Sehne um Sehne, jeder vergossene Tropfen Blut und jeder Tropfen Galle eine Tortur.

Ich merkte es nicht, aber allmählich hinterliess es Spuren an meinen Händen, ich zerbiss mir die Haut zwischen Daumen und Zeigefinger und bohrte mir die Fingernägel in die Handflächen. Auch die Nagelhaut riss ich mir ab, ich bemerkte es daran, dass die Seife brannte, wusste aber nicht, wann ich mir das zugefügt hatte. Es waren Wunden, die sich ganz von selbst öffneten und schlossen. Als hättest du mit jemandem gekämpft, sagte Fran, als er sie sah. Und wie kämpfst du darum, dich selbst davon zu überzeugen, dass Nagore deine Tochter ist?, sagte ich, um zu provozieren, um das Gespräch in die Länge zu ziehen. Nagore ist unsere Tochter, antwortete er. Ich werde dafür kämpfen, dass es dir und ihr gutgeht. Und Daniel?, sagte ich und machte ihn auf seinen Patzer aufmerksam. Aber für Daniel kämpften wir nicht. Er wurde unnennbar, schemenhaft, war weit entfernt. Hatte er je existiert?

Nagore teilte uns mit, dass sie nach Spanien reisen wollte, um ihren Vater und ihre Grosseltern zu besuchen. Meine Eltern?, fragte Fran. Ja, die Grosseltern, aber auch meine anderen. Aber das hier ist deine Familie. Sagte er. Ja, aber ich habe noch mehr Familie. Ich möchte mit meinem Vater sprechen. Dein Vater ist Fran, Nagore, entgegnete ich und reagierte damit auf die Kränkung, die sie gerade verursacht hatte. Ja, aber ich habe auch einen anderen Vater, mit dem ich reden will. Du kannst mit mir reden, wann immer du willst, ich bin dein Vater, insistierte Fran. Nagore schaute uns trotzig und herablassend an. Was waren wir schon für Eltern, unwürdig, wirklich Eltern genannt zu werden.

Womit waren Sie beschäftigt, als der Junge verschwunden ist?, fragte mich ein schwitzender Mann mit mächtigem Bauch auf der Polizeistation. Ich hatte ihm schon gesagt, dass ich mit ihm im Park gesessen hatte. Beschreiben Sie mir, was er anhatte. Blaue Hosen, rotes Hemd, blaue Schuhe, blauen Pullover. Kurze Haare? Ja. Um welche Uhrzeit haben Sie das Haus verlassen? Haben Sie jemanden Verdächtiges gesehen? Irgendeinen Hinweis, der uns helfen könnte? Können Sie sagen, um welche Zeit Sie Ihren Sohn zuletzt gesehen haben? Besondere Kennzeichen? (Daniels besonderes Kennzeichen war ich, eine Mutter, die nicht hätte Mutter sein sollen.)

Er ist Autist, sagte ich.

Ich habe ein Kind auf die Welt gebracht, das nicht in der Lage ist zu kommunizieren. Ja, sein besonderes Kennzeichen war ich.

Seit Daniels Verschwinden duldete ich es nicht, dass irgendwelche Dinge das Haus verlassen. Wie eine Hündin, die frisch geworfen hat, verkroch ich mich in einen Winkel des Schlafzimmers, in Decken gehüllt, die ich nicht mehr losliess, weil sie noch den Duft meines Sohnes in sich trugen. Ich schnupperte fast die ganze Zeit an ihnen, während sich am Boden vor der Tür allmählich eine Barrikade aus getragenen Kleidern bildete, die gewaschen werden mussten, und aus neuen, die mir Fran kaufte, um mich aufzumuntern. Es gab darin auch schmutziges Geschirr, das ich vergessen hatte abzuwaschen, und andere Gegenstände, von denen ich schwöre, dass ich nicht weiss, wie sie da hineingekommen sind. In meine Höhle. Den Kriegsbau für mich, die ich mich auf die Schlacht vorbereitete.

Vom Bett aus betrachtete ich das schwächliche und versteinerte Gesicht von Fran, der mit der Zeit allmählich aufhörte, über meine Tage zu bestimmen. Auch Nagore verlor, je stärker ihr die Hüften anschwollen und der Busen spross, umso mehr das Interesse daran, meinen Seelenzustand zu überwachen, und ging auf Distanz, zumindest mental. Wir waren uns so fremd wie bei unserer ersten Begegnung im Haus in Utrera. Trafen nur versehentlich aufeinander. Vielleicht war es ihrer Jugend oder dem vorzeitigen Verlust ihrer Unschuld zuzuschreiben, wie auch immer, jenseits meiner streitbaren Mauer sah ich eine Frau, die sich ihren Weg aus den Trümmern bahnte.

Hier hört man niemals Glocken. So sind die Städte: anonym. Es wunderte mich nicht, dass in dem Getümmel früher oder später jeder verschwand. Es gibt keine spielenden Kinder auf den Strassen, keine Frauen mit Körben voll frischem Gemüse. Es gibt keine Nachbarschaft, die Autos stürzen sich auf uns, wir sind alle grau. Niemand protestiert. Es gibt keine Glocken, die die Leute zum Beten einladen, weil die Städte so sind, saturiert, schwer verdaulich, erstickend. Darum weiss ich, es ist Daniel gewesen, es hätte aber auch irgendjemand anders sein können, denn hier malen sich nur die Schwachköpfe aus, wie ihr Leben verlaufen könnte. Darum glaube ich, Daniel ist besser dran, dort wo er ist, und ich hoffe, dass es ein Ort der Ruhe ist, wo die Glocken ein Zeichen des Friedens sind, der Stille und des Friedens. Möge er Frieden haben, möge Frieden sein.

Der Mann hinter dem wackligen grauen Metallschreibtisch schnäuzte sich in ein Papiertaschentuch. Er legte es auf den Tisch, und ich konnte an nichts anderes denken als daran, wie sehr mir der bittere Schweiss, den er von seiner Stirn und unter den Achseln ausdünstete, mir den Atem raubte. Er tippte etwas, war nicht imstande, mich anzuschauen. Er tippte weiter, nahm einen Schluck vom Kaffee, der neben ihm stand, drehte sich nach seinen Kollegen um, die angesichts seiner Leibesfülle rachitisch wirkten. Er seufzte und stiess den übelriechenden Hauch aus, der von armseliger Ernährung zeugt. Es gab keine Neuigkeiten, da Kinder, selbst autistische Dreijährige, nun mal kleine Stromer sind, sagte er. Manchmal nehmen die Leute solche Ausreisser auch erst mal mit zu sich und bringen sie irgendwann später in Ruhe zur Polizei. Ich schüttelte den Kopf. Keine Sorge, der taucht schon wieder auf. Dann druckte er den Bericht aus mit den Angaben zu meinem Fall, stand auf, zog sich die zerknitterte Hose hoch, die ihm noch knapp auf den Hüften hing, und bedeutete mir zu gehen. Er ist Autist und kann weder allein essen noch zur Toilette gehen, bettelte ich um seine Gnade. Er taucht schon wieder auf, antwortete er und zeigte zur Tür.

Ich stand sekundenlang auf dem Flur und hoffte, dass er noch mal rauskommt und sagt, es gebe doch Neuigkeiten, es sei alles bloss ein Scherz gewesen, aber ich hörte nur das ewige Tippen der anderen Maschinen im Dienste der Bürokratie.

Ich starrte ins Leere, überlegte kurz, rauf in den dritten Stock zu gehen, wo ein Psychologe auf mich wartete, ging aber stattdessen direkt auf die Strasse und zu Fuss nach Hause, falls zufällig mitten im Verkehr unter dem grauen Himmel Daniels rotes Hemd aufblitzte. Und wenn ich in den dritten Stock gegangen wäre, was wäre dann passiert? Mein Schmerz wäre wieder real geworden, ich wäre gezwungen gewesen, etwas zu benennen, was nicht existiert. Es gibt kein Wort für eine Frau ohne das Kind, das sie zur Welt gebracht hat, ich bin keine verwaiste Mutter, denn Daniel lebt noch, ich bin etwas Schlimmeres, etwas Unbenennbares, etwas, was nicht vorgesehen ist, etwas, was nur das Schweigen erträglich macht.

Schau doch, wie drollig er ist, und so gescheit! Was du alles weisst, kleiner Mann, was du alles weisst, sagte Frans Mutter zu Daniel am Flughafen, als wir auf unseren Rückflug nach Mexiko warteten. So ein süsser Fratz und so witzig, er ähnelt Fran. Ganz helle Haut hat er, er wird doch so hell bleiben, oder?, und sie küsste den flaumigen Kopf meines Sohnes. Ihr kommt, wann immer ihr mögt, sagte sie zu mir, und ich, die ich seit Tagen eine Heidenangst davor hatte, wieder in meine Realität zurückzukehren, und ein bisschen zitterte, weil ich nicht wusste, was ich mit zwei Kindern anfangen würde, sagte, ja, wir würden bald wiederkommen. Kamen wir nicht. Kurz bevor wir uns ans Gate begeben wollten, um auf unseren Flug zu warten, sagte Frans Vater zu ihm, er werde ihm niemals verzeihen, dass er ihn nicht nur ohne Tochter, sondern auch ohne Enkelin zurücklasse. Lass sie hierbleiben, du siehst doch, dass sie nicht mitkommen will, sagte der Vater, der Nagore nicht mal umarmen konnte, weil sie sich an den Beinen ihrer Grossmutter festklammerte. Fran schüttelte den Kopf, er wollte das Thema nicht wieder anschneiden, stattdessen nahm er Nagore auf den Arm und schickte seiner Mutter, die klein und krumm wirkte, blass und vertrocknet, einen Luftkuss. Ich bat sie, mir Daniel zu übergeben, was sie anstandslos tat: Mir haben sie zwei Kinder genommen, Tochter und Enkelin, und dir haben sie zwei geschenkt, pass gut auf sie auf. Und ich lächelte, weil ich nicht die Kraft hatte, ihr zu sagen, mir habe niemand irgendetwas geschenkt und es solle mir auch niemand Schuldgefühle aufbürden, ich hätte nicht um die Verantwortung für dieses heikle Geschenk gebeten. Wie kann man nicht Angst davor haben, Mutter zu sein? Wir haben sie nie wiedergesehen, auch wenn sie nach Daniels Verschwinden darauf bestanden hatten, nach Mexiko zu kommen. Fran war dagegen, denn inmitten all der Trauer und Verzweiflung hatte sein Vater zu ihm gesagt: Wer anderen nimmt, dem wird auch genommen.

Du willst nicht, dass ich hier bin, und ich will nicht hier sein, sag Fran einfach, er soll mich gehen lassen. Ich blickte Nagore leer an. Ich habe keinen Einfluss auf Frans Entscheidungen, erwiderte ich unbeeindruckt und schaute weiter fern. Aber sag ihm, dass ich zu meinen Grosseltern will, dass ich es hasse, in diesem Haus zu sein. Genau deshalb solltest du hierbleiben, Nagore, keine Ahnung, was du dir vorstellst, aber da gibt es gar nichts für dich. Hier auch nicht, sagte sie. Ich nickte. Hier auch nicht, aber da noch weniger, du wirst enttäuscht sein, beharrte ich. Ich mag dich nicht, ich will nicht hier sein, ich hasse diesen Ort. Da sind wir schon mal zwei, entgegnete ich. Ihr ekelt mich an, schau das Haus an, es ist ein Schweinestall, es stinkt, ich will hier nicht sein. Ich weiss, sagte ich. Warum wollt ihr mich hierbehalten? Ich will hier nicht sein, du ekelst mich an, es ekelt mich vor dir, du wäschst dich nicht, du bewegst dich nicht, du isst nur und isst und lässt das Haus verkommen. Ich weiss, wiederholte ich. Aber was willst du dort, willst du wirklich den Mörder deiner Mutter besuchen? Nagore vernichtete mich mit ihrem Blick und setzte zum Angriff an: Du hast Daniel umgebracht, und wir durften uns nicht mal von ihm verabschieden; du bist viel schlimmer; du hast uns alleingelassen, ohne dass wir uns von ihm hätten verabschieden können, du hast ihn uns weggenommen; du bist noch schlimmer. Ich spürte wieder den Stich in die Eingeweide. (Atme, atme, atme, atme.) Ich wäre am liebsten aufgestanden und hätte sie geschlagen, aber das Einzige, was ich hervorbrachte, war, sie sei ein dummes kleines Mädchen. (Denkt sie denn wirklich, ich hätte ihn umgebracht, ich hätte absichtlich dafür gesorgt, dass er verschwindet?) Du gehst nirgendwohin, du bleibst hier. Nagore pflanzte sich vor mir aufs Bett und schaute mich herausfordernd an. Ich schnalzte ungeduldig mit der Zunge und sagte, sie solle mir aus dem Bild gehen und mich fernsehen lassen. Wieso hast du nicht nach deinem Sohn geschaut? Wieso hast du nicht mitgekriegt, wo er hingeht? Sie fasste nach meinem Bein unter der Decke. Sei still, Nagore, sagte ich und reckte den Hals, um auf den Bildschirm zu schauen. Lass mich gehen, wiederholte sie und versetzte mir einen leichten Schlag aufs Bein, gleich unterhalb des Knies, so dass es ganz von selbst hochzuckte. Ich versuchte sie zu ignorieren. Lasst mich gehen, beharrte sie und zog wieder an meinem Bein. Sie rüttelte an meinen Beinen, und ich gab ihr eine Ohrfeige, um das Gespräch zu beenden. Aber Nagore war nicht mehr das Mädchen, das mir gern die Haare bürstete, auch hatte sie nicht mehr das goldene Haar noch den kindlichen Schalk in den Augen: Sie war eine mittelgrosse junge Frau, die mich zurückohrfeigte. Mir brannte das Gesicht, und ich wollte kontern, doch sie packte mich an den Händen und fixierte mich mit ihrem Blick. Lasst mich gehen. Ich wollte mich losmachen, aber es gelang mir nicht. Bringst du mich jetzt um, wie dein Vater deine Mutter umgebracht hat, Nagore? Bist du genauso ein Ungeheuer wie dein Vater, willst du uns alle jetzt noch an Dummheiten überbieten? Nagore wurde rot, schnaubte und ohrfeigte mich erneut. Ich versuchte aufzustehen, vergeblich, sie nutzte die

Gelegenheit, warf sich auf mich und riss mich an den Haaren, ich fing an zu lachen, erst lachte ich, und dann kam das Weinen. Ja, schlag mich, schlag mich, du kleiner Bastard, schlag mich! Und Nagore versuchte, mir schnaubend ihre Nägel in den Arm zu krallen. Ich lachte und sagte, schlag mich doch, schlag mich!, und sie krallte sich mit ihren Nägeln und ihrem ganzen Hass in mich, und ich liess mich hassen. Schlag mich, schlag mich!, wiederholte ich, bis sie abliess und sah, dass mein Gesicht nass von Tränen war und nicht aufhören konnte zu weinen. Sie strich sich die Haare aus dem Gesicht und auch mir und trocknete meine Tränen, und ich weinte weiter und musste zugleich lachen, fuchtelte mit den Armen in der Luft und sagte, sie solle herkommen und zu Ende bringen, was sie angefangen habe. Aber Nagore nahm mich in die Arme und drückte mein Gesicht an ihre Brust, und ich hielt sie ganz fest und weinte weiter, und sie fing an, mir übers Haar zu streicheln und mir den Kopf zu küssen, und ich forderte sie atemlos auf: Schlag mich, schlag mich, schlag mich … Aber Nagore hielt mich nur und sagte: Schschsch, schschsch, wie wenn sie Daniel ins Bett brachte, wie wenn sie ihn wiegte und beruhigte und ihn ganz schnell einschlafen liess. Und ich hielt sie weiter fest und wollte nur schlafen, weil ich nicht wahrhaben wollte, dass sie erwachsen geworden war und gehen würde.

Nagore blieb, um mich zu beruhigen, sie bettete mich, so gut sie konnte, und liess meinen Kopf auf dem Kissen ruhen, sie schloss mir die Augen und streichelte weiter mein Gesicht mit dem gleichen Schschsch, schschsch, mit dem sie Daniel so oft besänftigt und zum Einschlafen gebracht hatte.

Vor unserer Rückkehr nach Mexiko kniete sich Frans Mutter vor mir nieder und flehte mich an, wir sollten nicht gehen. Überzeuge Fran, überzeug ihn, ich helfe dir bei der Betreuung der Kinder, ich werde nicht stören, ich werde dir helfen, überzeuge Fran davon hierzubleiben, aber ich sagte Nein, obwohl ich Ja sagen wollte, und sie bat mich, sie nicht allein zu lassen in diesem grossen, weissen, ausgehöhlten Haus in Utrera, sie halte diese Einsamkeit nicht aus, all die bevorstehenden Tage ohne ihre Tochter, ohne ihre Tochter und ohne ihre Enkelin, ich solle nicht gehen, ich solle Fran überzeugen. Aber ich schüttelte nur den Kopf, weil wenn ich mich entschieden hatte, nicht zu bleiben, dann nicht, weil ich nicht wollte, sondern weil ich die Hoffnung hatte, mich allein um mich selbst und meine Familie kümmern zu können. Ich weiss nicht, aus welchen Gründen oder unter welchen sozialen Zwängen und Erwartungen dieser Wunsch aufkam, ein Wunsch, den ich, um ehrlich zu sein, gar nicht hegte. Hingegen weiss ich, dass da diese Befürchtung war, seine Mutter könne mir letztendlich doch zur Last fallen. Ich hatte Angst, mich noch zusätzlich zu beschweren, wo ich bereits die grösste Last meines Lebens auf den Schultern trug.

Wir haben nie darauf vertraut, dass Daniels Fall gelöst würde. Es war eine verlorene Schlacht, unsere Fragen wurden nie beantwortet. Das schwarze Loch der Fragen, das Fehlen von Antworten, das Fehlen der Menschen, die verschwunden waren, und das Fehlen von Urteilen, Strafen und einer Auflösung: die Katze, die sich in den Schwanz beisst. Einige Male war Fran kurz davor, sich mit den Bürokraten anzulegen, die uns ab und an Einsicht in die Akte gewährten. Warum gingen wir immer wieder hin, um uns zu erkundigen, ob sich etwas getan hatte? Weil es für Fran besser war, immer mal wieder an eine Tür zu klopfen, als die ganze Zeit mit leeren Händen dazustehen.

Xavi wurde verurteilt, und niemand aus seiner Familie erhob Einwände, alle akzeptierten die Strafe. Obwohl die Rede davon war, man habe ein Recht darauf, Nagore zu sehen, hat doch niemand gross dafür gekämpft. Sie hängten sich die Ehrenmedaille der Trauernden um und tauchten ab in den Schatten, wo es zwar weniger Aufhebens, aus dem es aber kein Zurück mehr gibt. Auch sie wurden zu herumirrenden Gespenstern. Vielleicht wollte Nagore deshalb das Licht anknipsen und ihnen in die Augen schauen, sie sterben lassen, was weiss ich, oder vielleicht Hoffnung für sie finden, sie von der Last eines mörderischen Sohnes befreien. Nagore, die Lebendige, bemächtigte sich ihrer Stimme und der eigenen Geschichte, sie lehnte es ab, zu jener Gruppe von Menschen zu gehören, die wie wir den Schatten bevorzugen. Ich hatte immer Respekt vor Nagore.

Vladimir hatte mir die Telefonnummer eines Freundes der Familie gegeben, der bei der Generalstaatsanwaltschaft gearbeitet hatte. Der wiederum gab uns die Telefonnummer der Organisation, die den Müttern von Verschwundenen half. Es gab unsagbar viele Mütter mit verschwundenen Kindern.

Ich ging zu meiner ersten Versammlung in der Stadt. Alle trugen dicke Aktenordner, zerschlissene Schuhe, manche Rucksäcke, weil sie nicht wussten, wo sie übernachten würden. Es waren Bataillone von Frauen, und sie waren kämpferisch. Sie hatten sich selbst organisiert und waren im ganzen Land unterwegs. Sie erzählten vom Fall dieser Mutter, die ihren Sohn nach achtjähriger Suche wiedergefunden hatte, einen Sohn, der an der Grenze inhaftiert worden war. Sie ermutigten sich gegenseitig, sie trugen Fotos ihrer Kinder um den Hals wie Heiligenbildchen oder Kreuze. Ich wollte im Boden versinken. Was ist mit deinem Sohn passiert?, fragte eine, und ich, die ich spürte, dass meine Unachtsamkeit im Park bloss eine fahrlässige Dummheit war in den Augen derer, die ihre Geschichten als die jeweils allertraurigste vor sich herhielten, sagte, ich wolle nicht darüber reden. Du wirst schon noch reden, sagte eine zu mir, und ich nickte, redete aber nicht. Bei der Versammlung in einem angemieteten Saal in einem alten Gebäude mitten in der Stadt setzte ich mich bewusst ganz nach hinten, um zwischen den Köpfen und Diskussionen unterzutauchen. Ich ging, sobald ich konnte. Was hätte ich sagen sollen? Ich habe meinen autistischen Sohn verloren, weil ich an einen Mann gedacht habe? Ich fühlte mich erbärmlich. Deshalb ging ich nie wieder hin.

Wir bestiegen das Flugzeug zurück nach Mexiko, und Frans Eltern wurden zu kleinen Figürchen, die wir aus den Augen verloren, als wir über den Gebäuden und in den Wolken verschwanden. War es das, was ich für Daniel war? Eine kleine, unbedeutende Figur, nach der du dich nicht einmal umdrehst, um dich wenigstens zu verabschieden?

Es war viel von Krieg die Rede, aber niemand sprach von uns, den weinenden Müttern, den Klageweibern. Das waren wir laut Vladimir, Klageweiber, unsichtbar, aber mit ohrenbetäubendem Schrei. Doch nirgends war von uns die Rede. Man sprach über Blut, die Ermordeten, die Zahl der Toten, aber niemand sprach von uns. Unsere Kinder verschwanden zweimal: einmal physisch und einmal durch die Gleichgültigkeit der anderen. Ich war nie wieder bei der Staatsanwaltschaft, ich ging zu keiner Versammlung mehr und schon gar nicht zu einer Demonstration, ich wollte Daniels Bild nicht mit dem Opportunismus derer besudeln, die ihn für parteiische Zwecke nutzen und ihn in politischen Reden anführen, ich wollte nicht, dass sie sich an meiner Geschichte laben. Irgendwie wollte ich Daniel unbefleckt halten. Daniel war nicht wie die anderen, möglicherweise hatten die es im tiefsten Inneren verdient, womöglich hatten auch wir Mütter unsere Strafe verdient. Möglicherweise weinten wir, damit wir nicht reden mussten, denn wer stellt schon eine Person in Frage, die weint? Niemand, man kann sie vergessen, ignorieren, zum Schweigen bringen, aber sie in Frage stellen niemals.

Daniel hatte die grössten Augen und die dichtesten Wimpern, die ich je gesehen hatte, doch sein Blick war anders, ausweichend. Ich wusste, dass er nicht so war wie die anderen Kinder, er lächelte kaum und zeigte kein Interesse an seiner Umgebung. Manchmal dachte ich, er könnte ein Genie sein, zumindest besser ein Genie als ein Idiot. Es war Nagore, die darauf bestand, dass etwas anders an ihm war, und zwar nicht zu seinem Vorteil, sie nannte ihn tollpatschig und meinte es trotzdem liebevoll, ja, er war etwas tollpatschig, und dennoch brauchten Fran und ich eine Weile, bis wir es uns eingestanden, deshalb war er schon zweieinhalb, als wir ihn zu einem Spezialisten brachten. Sie sagten, Autismus sei keine Behinderung, es werde uns nur etwas mehr Arbeit und Zeit kosten. Und Geld, sagte Fran. Und Geld, bestätigte der Arzt. Ich schämte mich. Obwohl ich wusste, dass es nichts Schlimmes war, *nur ein bisschen mehr Arbeit,* bekam ich den Beleg, nicht in der Lage gewesen zu sein, ein gesundes Kind auf die Welt zu bringen, ein normales, eins, mit dem Fran endlich mal Sport hätte treiben können, das ihn dazu brachte, sich Hände und Knie beim Spielen schmutzig zu machen. Ich schämte mich für uns beide, denn als hätte ich es geahnt, errichtete Fran eine Barriere zwischen sich und Daniel. Und ich – es lief mir kalt den Rücken herunter, als ich es konstatierte –, mir fehlte jegliches Interesse daran, Kinder zu haben, und dennoch hatte ich zwei. Nagore hingegen zog Daniel an und umsorgte ihn mit noch mehr Hingabe und Eifer als zuvor, sie redete mit ihm in seiner Sprache, lächelte ihm zu und liess sich von ihm in die Arme nehmen, wenn Daniel es brauchte.

Und was ist mit Gott, hast du dich Gott anvertraut?, fragte mich die Familie. Welcher Gott, von welchem Gott redet ihr? Gott, dieser absurde, absurde, absurde, absurde Witz.

Es gibt so viele Arten zu verschwinden, dass es als Verb jeweils die Form derer annimmt, die es erleben: Daniel ist verschwunden, Fran verschwindet, ich werde verschwinden. Irgendwann hörten wir auf, da zu sein, waren wir diejenigen, die sich aus dem Staub machen, gemacht haben, machen werden. Verschwundene: verborgen, davongegangen, versteckt, entflohen, verduftet, vermisst, beseitigt, herausgerissen, abwesend, verflüchtigt, entwischt, abgehauen, ausgeflogen, ungewillt, im eigenen Dasein zu erscheinen. Es gibt so viele Arten zu verschwinden, Fran zum Beispiel war zwar anwesend, aber niemals präsent. Er sorgte für uns, kümmerte sich darum, dass der Kühlschrank voll war und die Rechnungen bezahlt, aber er war nicht präsent. Der Gedanke, uns eines Tages, irgendwann, wieder an der Sonne oder dem Morgen oder dem Kaffee oder dem Essen erfreuen zu können, erschreckte uns. Ohne Daniel konnten wir nicht glücklich sein. Das Haus war düster, begraben unter einem riesigen Stapel von Gegenständen im Schlafzimmer – die ich irgendwann aufgehört hatte wegzuräumen – und einem anderen, feuchteren und schmutzigeren Stapel, der im Wohnzimmerregal vor sich hinschimmelte. In diesem Stapel befand sich der saubere Teller von Daniels letzter Mahlzeit und harrte inmitten der Fäulnis wie das Christuskreuz an den Wänden der Häuser von Katholiken. Daniel war ein immaterielles Wesen in der Gegenwart, aber zwingend notwendig, um uns leblos zu halten, unseren Lebensmut zu unterwandern.

Wann werde ich akzeptieren, dass Daniels Verschwinden mich von der Last befreit hat, mich um ein Kind mit Autismus kümmern zu müssen? Vielleicht habe ich im tiefsten Inneren zugelassen, dass sie ihn mitnehmen. Vielleicht hätte ich doch aufstehen und die Zeit anhalten können, ich habe es nur nicht gewollt.

Angetrieben von krankhafter Neugier, kamen alle zu uns nach Hause, als sie von Daniels Verschwinden erfuhren. Jeder, einer nach dem anderen, bot seine Hilfe an, jeder, ob ich ihn kannte oder nicht, kam, um mir seine Unterstützung anzubieten. Sie fragten nicht, auch nicht versteckt, inwiefern es mein Fehler gewesen war, obwohl sie darauf warteten, dass ich es ihnen von selbst sagte. Wusstest du, dass Vögel abstürzen können, wenn sie sehr hoch fliegen?, sagte ich ab und zu, vor allem wenn so eine fragende Stille herrschte. Das hatte ich von Nagore gelernt, und Nagore, die das als unser kleines Ablenkungsmanöver zu begreifen schien, fragte weiter: Hast du das gewusst, hast du gewusst, dass sie in Schwärmen gegen Hochhäuser prallen und sterben? Das verunsicherte die Leute, bis sie begriffen, dass auf den Höhepunkt jeglichen Bemühens stets der Abstieg folgt. Und mit dem allgemeinen Wunsch zu helfen ging es bergab, bis die telefonischen Hilfsangebote, die Trauerbesuche eines Tages ganz aufhörten. Was gab es schon gross zu sehen, wenn eine Frau nicht vor aller Augen in Tränen ausbrach? Nichts, da war das heimische Fernsehprogramm eindeutig unterhaltsamer.

Ich hatte Mühe, Fran dazu zu bewegen, mit mir in das Institut zu kommen, in dem sie uns beibrachten, wie wir Daniels Fähigkeit stärken konnten, sich angemessen in die Gesellschaft einzufügen: Daniel fügte sich nämlich in die Gesellschaft ein wie ein Dartpfeil, der ins falsche Brett schiesst und damit auf aggressive Weise die Normalität aufbricht. Wie eine Spritze in die kranke Haut. Wie der tötende Pfeil.

Frans Eltern boten uns Geld an für seine Rehabilitation. Daniel ist nicht krank, gab ihr Sohn zur Antwort. Na, komm schon, er ist auch nicht normal, und das Leben ist ein Miststück, sagte der Vater. Nein, der Mist ist, dass ihr glaubt, ihr hättet einen kranken Enkel, entgegnete er. Der Mist ist, Fran, dass du uns abweist, obwohl du uns sehr gut gebrauchen könntest. Der Mist, Papa, ist, dass du uns zu sehr auf die Pelle rückst. Jetzt komm nicht wieder mit deinen schwachsinnigen Unabhängigkeitsideen daher, stichelte er bei jedem Anruf.

Fran blieb immer Fran, ausser wenn es um Daniel ging, seinetwegen besuchte er die Kurse, er ging hin, machte sich sogar Notizen, war aber offensichtlich nicht in der Lage, unserem Sohn gegenüber Zärtlichkeit zu zeigen, weswegen Nagore zu seinem Augapfel wurde.

Meine Mami Amara hat an Gerechtigkeit geglaubt. Glaubst du an Gerechtigkeit, Mama?, fragte mich Nagore eines Tages. Aber sicher glaube ich an Gerechtigkeit, gab ich zur Antwort. Meine Mutter hat mir mal erzählt, dass es in Spanien einen Ort gibt, der Casas Viejas heisst, bei Cádiz, ganz in der Nähe vom Haus der Grosseltern. Bist du mal in Cádiz gewesen? Ja, ich bin mal da gewesen. In Casas Viejas hat es diese Bauern gegeben, die dagegen gekämpft haben, dass jemand über sie bestimmt, und sie haben sich gegen alle gewehrt, die über sie bestimmen wollten, und oft hat es Streit gegeben, weil sie an die Freiheit geglaubt haben. Und alle, auch die Frauen und die Kinder, haben gekämpft, sie sind auf die Strasse gegangen, um zu kämpfen, aber sie alle sind von den anderen umgebracht worden, und jetzt sind nur noch wir übrig, um ihre Geschichte weiterzuerzählen und dafür zu sorgen, dass ihnen Gerechtigkeit widerfährt, sagte Nagore, während sie mir die Haare bürstete. Ach, was für eine traurige Geschichte, Nagore. Und werden wir es so mit Daniel machen, allen erzählen, was für ein gutes Kind er war und dass er nicht verschwunden ist, weil er unartig war, sondern weil er ein richtig guter Junge war? Wird das unsere Gerechtigkeit sein, Mama, ist das die Gerechtigkeit für Daniel?

Einmal kam ein Anruf mit der Nachricht, man habe den Leichnam eines Jungen gefunden, auf den Daniels Beschreibung zutraf. Mir zitterten Hände und Füsse, ich spürte, dass das nicht sein konnte. Obwohl allein der Gedanke, dass er irgendwo war, meinen zittrigen, hastigen, fast wässrigen Schritten ein Gewicht verlieh, das sie in die Lage versetzte, den bebenden, krampfartig zuckenden Körper zu tragen, der sich in Richtung Gewissheit bewegte, Gewissheit. Fran war es, der ins Leichenschauhaus ging, um den Körper zu identifizieren. Bevor er eintrat, hielten wir uns an den Händen, so fest wie damals, als wir zwei Verliebte waren, und wir unterstützten einander, waren einander wichtig, waren wieder ein Paar. Dann glitten die Finger sanft auseinander, in der Erwartung, wieder zusammenzukommen, um gemeinsam zu weinen, aber wir weinten nicht, denn es war nicht Daniel, es war ein fremder Kummer. Es war nicht unserer, und wir blieben zurück mit der Ungeduld im Bauch, mit dem Wunsch, voreinander davonzulaufen.

Es ist nicht Daniel, sagte Fran. Wer ist es denn? Ein Junge, den sie vergewaltigt und eingesperrt haben, um pornographische Videos zu machen, einfach nur ekelhaft, antwortete er. (Atme, atme, atme …) Kann Autismus erregen, ein Fetisch sein? Hoffentlich nicht. Es gibt immer noch Hoffnung, sagte eine Frau, die neben uns stand. Hoffnung worauf?

Hoffnung worauf?

Obwohl man uns erklärt hatte, Autismus müsse nicht zwangsläufig eine Behinderung sein, es sei einfach eine andere Art, die Welt zu erleben, spürte ich ständig, wie sehr wir das Gespött unserer Bekannten waren. Lange Zeit hatte ich Sorge, dass Daniel sich wie ein Autist verhalten und die Menschen in unserem Umfeld uns mitleidig anschauen würden. Auch die Vorstellung von Daniel als Erwachsenem machte mir Angst. Was wird aus ihm werden, wie wird er in dieser Welt überleben, wenn wir mal nicht mehr für ihn da sind? Niemals hätte ich mir vorstellen können, dass dies die bestimmende Frage in meinem Leben ohne ihn sei. Wie wird er überleben, falls er überhaupt noch lebt? Lebt er noch, kann es wirklich sein, dass Daniel an irgendeinem Ort der Welt noch lebt?

Hast du keine Angst, deinem Vater gegenüberzustehen?, fragte ich Nagore einige Tage vor ihrer Abreise. Angst, warum, wovor? Dass er mich umbringt?, antwortete sie. Ich zuckte nur die Achseln. Er ist derjenige, der Angst vor mir haben sollte, sagte sie. Ich habe noch nie so eine mutige Frau gekannt. Wie gern hätte ich sie geliebt.

Was geschieht mit den Akten all der Vermissten? Mit der Zeit wandern sie ins Archiv. Die Fälle bleiben ungelöst, aber es gibt so viele Tote und eine solche Unzahl von Fällen, dass die Akten nicht mehr aktuell sind, sondern bloss noch Papier, die Geschichten werden zu Zellstoff, der, wenn man Glück hat, irgendwann recycelt wird. Ich fand heraus, und auch Fran weiss es, dass sie kistenweise Akten verbrennen, dass ganze Büros schliessen, dass die Ermittler sich damit begnügen, die Mütter und Angehörigen zu fragen: Und Sie, was wissen Sie?, denn hier weiss niemand etwas. Wir hegten keinerlei Hoffnung – es gibt Dinge, die weiss man einfach –, nicht in Bezug auf Daniel, sondern in Bezug auf sie, wir waren ihnen egal, keiner interessiert sich für jemand anderen, so viel steht fest. Also hören wir einfach auf, so zu tun als ob, und sehen der Wahrheit ins Auge: Niemand interessiert sich für uns.

Ich stelle mir einen weissen Sarg vor, weisse Blumen und rundherum alle in Tränen. Ich stelle mir Daniel mit Amara vor. Ich habe Daniel nicht verdient, denn ich wollte ihn umbringen, als er noch in meinem Bauch war. Ich habe Daniel nicht verdient, weil ich zugelassen habe, dass er auf die Welt kommt.

In der Nacht vor unserer Rückkehr nach Mexiko sagte mir Fran, dass er mich liebt. Ich erzählte ihm von meinen Ängsten, aber er verstand nichts von Sorgen und Albträumen, Fran blickte stets nach vorn. Es ist, wie es ist, machen wir das Beste daraus, sagte er. Fran streichelte mein Gesicht und versprach mir, alles werde gut, und ich schloss die Augen und dachte, er wird schon recht haben. Dann kamen wir in Mexiko an und inszenierten uns als die perfekten Eltern: Nagore kämmen hier, Daniel füttern dort. Nicht aufgeben, auch wenn Nagore ein Waisenkind ist, das katalanisch spricht, wenn es wütend ist, sich zusammenreissen, auch wenn Daniel ein Autist ist, den wir niemals verstehen werden. Wir scheiterten, und als der Bühnenvorhang in Fetzen über uns lag, gaben wir uns geschlagen, wenn auch für meinen Geschmack zu spät. Wären wir einander doch niemals begegnet.

Nagore bestand darauf, dass wir alle zusammen auf ein Geburtstagsfest gehen, zu dem sie eingeladen war. Eine Poolparty, sagte sie. Weder Fran noch ich hatten Lust darauf, gaben ihrem Drängen aber schliesslich nach. Am Stadtrand in einem Haus in einem Wäldchen, um das rundherum Luxuskarossen standen, feierte eine von Nagores Freundinnen ihren Geburtstag mit allem Drum und Dran. Sowohl Fran wie auch ich fanden es seltsam, dass dieses Mädchen auf Nagores Schule ging, die verschiedenen sozialen Schichten mischen sich sonst nicht. Wenn wir Zugang zu diesen Kreisen hatten, dann wegen Frans und Nagores Nationalität, jedenfalls nicht wegen des Geldes. Entweder du hast Geld, oder du bist weiss, dazwischen gibt es nichts. Als wir dann ein Haus ohne Möbel, aber mit einem Pool voller Luftballons und Süssigkeiten erblickten, merkten wir, dass nicht die Mutter, sondern ein stämmiger dunkelhäutiger Bursche das Fest im Auftrag des Hausherrn ausrichtete. Fran konnte sein Unbehagen nicht verbergen. Er liess Nagore und Daniel eine Weile spielen, bald aber gingen wir in dem irrigen Glauben, es würde uns retten, wenn wir uns nur weit genug von diesem Haus und seiner möglichen Verbindung zum Schwarzgeld entfernten. Wir legten Nagore sogar nahe, sich nicht mehr mit diesem Mädchen zu treffen. Schliesslich sorgte die Zeit dafür, dass sich in unsere Gesichter eingrub, wovor wir hatten fliehen wollen: Das Böse, die Traurigkeit, die Gefahr, das Unbehagen lauern überall, du brauchst bloss mal in den Park zu gehen, an einem x-beliebigen Tag, und siehst deinen Sohn nie wieder. Und danach erkennst du das personifizierte Böse in dir selbst.

Wie Erinnerungen sich allmählich in Nebel auflösen, so verzog sich auch Vladimir gänzlich aus meinem Leben. Rückblickend merke ich, dass seine regelmässigen Besuche womöglich ein Versuch waren, mir Trost zu spenden, aber im Auge des Sturms siehst du nicht klar, die Benommenheit zerzaust und verzerrt alles. Nach der Sache mit Daniel war ich nicht mehr in der Lage, über mich selbst hinauszusehen, und was einst Leidenschaft war, empfand ich als Störung. Vladimir störte mich, denn wie kannst du Liebe oder Erregung empfinden, wenn sich dein Leben zersetzt? Wie kannst du an den Punkt zurückkehren, an dem die Tangente noch ansteigt? Wie kann man sich lustvoll etwas einverleiben, was nach nichts schmeckt? Vladimir, der einstige Inbegriff von Liebe, war ein beschädigtes Wesen geworden, das mir grotesk erschien. Ich sprach nicht mehr von ihm und verlor das Interesse, und hätte ich gewusst, wie gleichgültig er mir sein würde, wäre ich dann an jenem Nachmittag überhaupt in den Park gegangen? Wäre diese Option löschbar, fände ich womöglich eines Tages Frieden. Vielleicht kommt dieser Frieden auch nicht mit dem Tod, denn: Wie kannst du sterben, wenn Daniel verlangt, dass du am Leben bleibst für den Fall, dass er eines Tages zurückkehrt? Und wer kommt zurück, wenn nicht der, der niemals gegangen ist?

Die Poolparty, zu der wir Nagore begleitet hatten, veränderte unser Leben in zweifacher Hinsicht: Erstens hörten wir auf, uns selbst zu bemitleiden, und zweitens erkannten wir, dass Daniel die Welt, die ohnehin schon unerfreulich genug war, nicht hässlicher machte. Im Gegenteil, er brachte Licht hinein, vor allem für Nagore, die gern hinter ihm herrannte, um ihn zum Lachen zu bringen. Das war Nagores Bestimmung, meinen Sohn zum Lachen zu bringen. Und Daniels Bestimmung war es, seine Schwester in den Schatten zu stellen. Sie inmitten lauter Fremder zusammen zu erleben, vollkommen selbstvergessen in ihrer Freude, hat uns dazu animiert, den dritten Geburtstag unseres Sohnes zu feiern. Mit allem Drum und Dran, Mama?, fragte Nagore. Mit allem Drum und Dran, sagte ich. Dann bat Nagore, die ganz begeistert von dem Kinderfest gewesen war, ihre Klassenkameradin um die Telefonnummer der Frau, die die Schokoladenlutscher gemacht hatte. Und gab sie mir, und wir bestellten hundert Schokolutscher, damit das Fest bei uns zu Hause starten konnte. Und es war ein Fest, der einzige Lichtblick in unserem ganzen langen und sinnlosen Leben: Daniel und Nagore, das Aufflackern einer Sehnsucht, die Fran und ich nicht verfestigen konnten.

Du wirst immer meine Mama sein, versicherte mir Nagore vor ihrer Abreise. Du hast fast nie Mama zu mir gesagt, konstatierte ich und lächelte schmallippig, um nicht erfreut zu wirken und damit dieser Satz nicht wie ein Vorwurf klang. Was hat Daniel zu dir gesagt?, fragte sie. Ich weiss es nicht, er hat nie Mama sagen können, antwortete ich und biss mir auf die Zunge, um sie nicht anzuflehen dazubleiben. (Atme, atme, atme.) Dann reiste sie ab, und Fran und ich wurden komplett entleert: zwei alte Behälter, verlassen für alle Zeiten.

Wo ist Daniel jetzt, da ich von ihm rede und er mich nicht hört, wohin ist er gegangen, und was tut er? Was ist aus dem Kind geworden, das aus meinem Bauch geschlüpft ist und mich dann verlassen hat? Wo bist du, Daniel, und wie kann ich uns finden?

Fran, obwohl noch so jung – wie jung wir in Wirklichkeit sind! –, alterte, als Nagore das Haus verliess: die gleichen Falten im Gesicht wie seine Mutter, der gleiche runde Bauch wie sein Vater, der gleiche zurückweichende kastanienbraune Haaransatz. Manchmal frage ich mich, ob er nicht eines Tages zusammenbricht, ob er ins Zimmer kommt, die Mauern der um mich herum aufgetürmten Dinge niederreisst und mit mir zusammen weint. Werden wir eines Tages unseren Sohn beweinen, oder halten wir die Tränen zurück als Zeichen der Verleugnung?

Und was bleibt uns anderes übrig, als den Tod zu meiden? Wie – und wen – müssen wir um Erlaubnis bitten, uns nicht von der Stelle zu rühren? Wie können Fran und ich es wagen, uns zur ewigen Ruhe zu betten, solange unser Sohn nicht zurückgekehrt ist? Wie können wir uns überhaupt ausruhen? Wer wird nach ihm suchen, wenn wir die Schlacht verloren haben? Wer wird ihn beerdigen? Ich möchte nicht abdanken, um die ewige Wächterin sein zu können, möchte aber auch nicht für immer ausharren … Ich bitte um einen zusätzlichen Tag Leben, und gleichzeitig wünsche ich mir einen weniger. Nur wer das Verschwinden eines Menschen erlebt hat, weiss um diese Zerrissenheit.

Wenn sie zurückkommen, werden sie uns schon erzählen, wie es für sie war, sagte eine Mutter bei diesem Treffen, aus dem ich rauslief. Sie werden es uns schon erzählen. Daniel, hat Daniel inzwischen sprechen gelernt? Wird Daniel mir etwas erzählen können?

Warum nennt man sie Verschwundene und wagt es nicht, sie als Tote zu bezeichnen? Weil wir, die wir sie suchen, die Toten sind, sie werden für immer lebendig bleiben, für immer.

Sag ich das Wort Zukunft,
ist seine erste Silbe bereits
Vergangenheit.

Sag ich das Wort Stille,
vernichte ich sie.

Sag ich das Wort Nichts,
schaffe ich etwas, das in keinem
Nichtsein Raum hat.

Wisława Szymborska
»Die drei seltsamsten Wörter«

Vertrau niemandem, nicht mal deiner eigenen Mutter. Das war der Satz, den meine Mutter meinem Bruder und mir ständig vorgebetet hat. Aber wenn man nicht mal der eigenen Mutter vertrauen kann, wem dann? Und sie hat gesagt, niemandem, man kann niemandem vertrauen, nicht mal wenn man im Sterben liegt, glaub nicht dran, dass dir irgendjemand helfen kommt. Das hat ja zum Beispiel mein Bruder erlebt, aber ich hab's immer schrecklich gefunden, dass man niemandem auf der Welt vertrauen können soll; trotzdem hab ich nie jemandem getraut. Geheimnisse? Hatte ich zwar kaum welche, ich bin aber auch keine von denen gewesen, die überall rumlaufen und jedem erzählen, wie's ihnen geht, wie's so läuft im Leben. Wozu auch? Du riskierst, dass das, was du denkst oder was dich bedrückt, gegen dich verwendet wird.

Als Leonel gekommen ist, wurde es hart, auf einen Schlag war ich allein. Zuerst hat mich Rafael verlassen, dann meine Cousinen und Tanten. Es hat für sie einfach nicht zusammengepasst, warum Rosario, Rafaels Cousine aus Michoacán, ihren Sohn bei mir lassen soll, obwohl Rafael bei mir ausgezogen ist. In was hast du dich da reingehängt?, haben sie gesagt, und ich hab geantwortet, wieso hängst du dich da jetzt rein, hab ich dich etwa um Hilfe gebeten? Und sie haben gesagt, auf keinen Fall, aber wer mit dem Feuer spielt, und ich soll bloss aufpassen, dass ich zum Schluss nicht ganz allein dasteh. Aber ich hab nur schnippisch abgewunken, weil allein war ich eh schon; aber obwohl ich mit ihnen rumgealbert und sie nach dem neuesten Tratsch gefragt hab, es ist nicht mehr dasselbe gewesen, erst mal, weil das Ganze für sie keinen Sinn gemacht hat, und dann, weil sie nicht mit Leonel klargekommen sind. Dann bleibt halt zu Hause, hab ich gesagt, wenn ihr ein Problem damit habt, so einen hübschen Jungen zu sehen, bleibt einfach zu Hause. Und dann haben sie nicht mehr vorbeigeschaut, und ich hab gedacht, so ein grosses Haus, so viel Platz, zwei Höfe, und niemand, der sie benutzt, nicht mal ich.

Das viele Alleinsein und Nichtwissen, was und mit wem ich noch reden kann, hat mir aufs Gemüt geschlagen. Ich hab kaum noch mit den Kurieren geplaudert, die meine Kuchen und Bonbons holen gekommen sind, hab meine Lutscher lustlos selber ausgeliefert und nicht mehr bei den Kundinnen nach den Kindern gefragt und was die Wehwehchen machen, weil eigentlich hat's mich schon vorher nicht interessiert, und in der jetzigen Lage noch viel weniger. Meine Runden mit Leonel sind kurz ausgefallen, erstens, weil er sich nicht benommen hat, zweitens, weil ich mich auf der Strasse mit ihm nicht sicher gefühlt hab. Darum sind wir nur sonntags morgens rausgegangen, zur Messe. Ich hab nie an Gott geglaubt, ja nicht mal an mich selbst, aber unter den vielen Leuten hab ich mich ein bisschen weniger einsam gefühlt. Wir sind zur Messe und haben uns ganz hinten hingesetzt, damit wir schnell rauskonnten, wenn Leonel seinen Rappel bekommen hat. Ich hab ihn auf den Schoss genommen, ihm ein Spielzeug gegeben, auf dem er rumlutschen konnte, und wir haben einfach nur dagesessen; weil, ehrlich gesagt, ich hab nicht zugehört, wieso auch? Für mich hat sich alles hohl angehört. Warum sollte Gott so reden? Wenn es ihn wirklich gibt, müsste Gott hier bei uns sein und nicht in so moralischen Gleichnissen daherreden, nicht durch einen Mann, der die ganze Zeit sagt, dass wir alles falsch machen und ihm Geld geben sollen. Aber ich bin sitzen geblieben und hab die Anweisungen des Priesters befolgt, hab sogar die Lippen bewegt, wenn gesungen wurde, damit sie mich nicht für eine Ungläubige halten. Am besten fand ich den Teil, wo sie sich den Frieden spenden, oder wie heisst der Teil, wenn sich alle zueinander umdrehen und sich anschauen und zulächeln, da hab ich mitgemacht und allen, denen ich konnte, die Hand gegeben, weil sie mir zugelächelt und mit Leonel geredet und gesagt haben, was für ein hübscher Junge er ist, und dann sind wir alle friedlich auseinandergegangen, sie in ihr Leben und ich in meins.

Wenn wir aus der Messe gekommen sind, haben wir uns immer eine Tamale geteilt. Leonel konnte mäkelig sein, aber Tamales hat er immer gern gegessen. Auch Atole hat er gemocht, ich hab ihm zwei Becher gekauft, und was übrig war, hab ich mitgenommen und eingefroren und ihm dann als Eis gegeben. Meine Mama hat immer gesagt, in Atole stecken viele Vitamine oder Proteine drin, das wär was Gutes, und ich glaub das auch, weil Leonel ist gesund gewesen, zwar etwas blöde, aber gesund.

Einmal hab ich auf dem Weg in die Messe Rafaels Mutter vorbeigehen sehen mit einer Einkaufstasche und ein paar Tupperdosen, ich glaub, sie hat der Familie das Frühstück gebracht, weil das hat sie immer gemacht, unter der Woche meistens schwarze Bohnen und Reis, oft Tortilla mit Sauce, aber sonntags hat sie gern Fleischbrühe, Gegrilltes oder Chicharrón mit Avocado gekauft und alle zum Essen eingeladen; ich bin oft hin, weil das Grillfleisch, das sie gekauft hat, war auf Hidalgo-Art, und das hab ich sehr gemocht. Ich weiss auch nicht, ich hab sie gesehen und mich erinnert, wie oft ich zum Frühstück zu ihr gegangen bin, weil ich irgendwie schon Teil vom Ganzen war, also hab ich einfach die Hand gehoben und gegrüsst, ich wär sogar über die Strasse gegangen für ein Gespräch, aber sie hat gleich einen Gang zugelegt und so getan, als hätte sie mich nicht gesehen. Sie ist geradeaus weiter und hat mich mit der Hand in der Luft stehenlassen. Scheiss auf sie, ich brauch sie nicht, ich hab sie nie gebraucht, es war immer eine Arschlochfamilie.

Aber es fühlt sich schrecklich an, wenn man weiss, dass man nirgends reinpasst. Es stimmt, ich hab nie irgendwo reingepasst, deshalb, an dem einen Tag, als ich mit dem roten Regenschirm los bin, bin ich bei diesem Park ausgestiegen, weil er sehr schön war, sehr gepflegt, er war sauber, und du konntest dich auf die Bänke setzen. Das ging nicht da, wo ich gewohnt hab, sie haben zwar versucht, einen Park für die Kinder zu machen, aber bevor sie irgendeinen freien Platz herrichten konnten, war der schon von lauter Jugendgangs belagert, die Graffiti gesprayt oder sich zum Saufen getroffen haben, und kaputte Flaschen lagen rum, und es hat nach Pisse gestunken. Erst mal das, und wenn du dann grösser wirst, gehst du als Mädchen eh nicht mehr auf die Strasse, weil dir die Nachbarn hinterherpfeifen oder ihre blöden Sprüche machen. Rafael und Neto zum Beispiel haben nie was gesagt, aber ich hab gemerkt, wie sie mir auf den Arsch glotzen, Titten hatte ich nämlich keine. Aber die andern, die andern waren einfach nur armselige Wichser. Du konntest nicht in schicken Klamotten rumlaufen, weil sie dir dann gleich hinterhergehechelt kamen, du konntest auch nicht einfach schmuddelig raus, weil sie dann gleich was gefaselt haben von wegen, sie würden schon gern mit dir duschen kommen oder so. Am Anfang bin ich meistens ruhig geblieben, aber irgendwann hatte ich's satt und hab ihnen den Stinkefinger gezeigt oder ihre Mütter beleidigt, aber sie haben nur noch mehr gelacht und mir noch mehr fiese Sprüche angehängt. Also besser nicht mehr an denen vorbei. Deshalb, an dem Tag, an dem ich die Schnauze so voll hatte von allem, von Rafael, der immer vor einem abhaut, von meinem elenden Leben, einfach von allem, bin ich wie von allein bei diesem Park ausgestiegen und hab mich hingesetzt zum Nachdenken. Ich hab mal irgendwas Gutes gebraucht. Deshalb ist es mir wie ein irrsinniger Zufall vorgekommen, dass genau an dem Tag, wo es mir so dreckig geht, dass genau dann Leonel und seine Mutter da sind. Wenn es Gott wirklich gibt, und daran wollte ich in dem Moment glauben, dann war das ein Zeichen, das muss ein Zeichen von ihm gewesen sein, das muss es gewesen sein.

Und ich denk immer noch oft daran, weil das Erste, was ich meiner Mutter sagen wollte, als sie mich besuchen gekommen ist, war: Wenn es Gott gibt, dann ist das ein Zeichen gewesen. Aber meine Mutter ist nicht wegen irgendwelcher Zeichen aufgekreuzt, sondern weil ihr jemand gesteckt hatte, dass Rafael mich verlassen hat, sie ist auch nicht wegen Leonel aufgekreuzt, das mit Leonel hat sie erst bei mir zu Hause mitgekriegt. Erst wollte ich ihr nicht mal die Tür aufmachen, ich wollte durchs Fenster mit ihr sprechen, weil ich nicht wusste, wie sie reagiert.

»Was willst du?«

»Mach die Tür auf!«, hat sie geschrien.

»Nein, sag mir, was du willst.«

»Dich sehen, was denn sonst? Mach auf.«

Leonel hat an meinem Oberteil gezupft, und ich hab mich umgedreht, um ihm zu sagen, dass er das seinlassen soll, in dem Moment hat sich meine Mutter zum Fenster reingelehnt und den Jungen gesehen. Da hab ich ihr dann aufgemacht. Sie ist reingekommen und hat sich an den Tisch gesetzt. Leonel hat sie nur gesehen und ist gleich in sein Zimmer gerannt. Keine Chance, ihn da wieder rauszukriegen, also hab ich ihn dringelassen. Ich dachte, meine Mutter würde eine Erklärung für das Ganze verlangen, deshalb bin ich ihr zuvorgekommen, ich hab ihr gesagt, wenn sie wegen Rafael gekommen wär, bräuchte sie sich keine Sorgen machen, ohne ihn wär ich besser dran.

»Warum hast du mir das nicht gesagt, warum muss ich es von anderen Leuten erfahren?«

»Ich hab nicht gewusst, dass ich dir Bescheid geben muss.«

»Ich bin deine Mutter …«

Aber sie hat es so gesagt, als wär das was ganz Neues, und ich musste lachen. Dann hat sie erzählt, sie hätte schon gehört, dass Rafael mit der Silvia zusammen wär und dass sie hässliche Sachen über mich rumerzählen würden, und jetzt wär ihr auch klar, worum's geht, und sie hat in Leonels Richtung geschaut. Obwohl ich genervt war, hab ich nichts gesagt. Ich hab drauf bestanden, dass alles in Ordnung ist, dass ich weiterarbeite, dass ich mir nach wie vor die Wohnung leisten kann und alles andere meine Angelegenheit wär. Sie hat nur mit der Zunge geschnalzt, ist zum Kühlschrank, hat eine Orange rausgenommen und sie geteilt. Sie hat Leonel zugerufen, er soll sich die Hälfte holen kommen, und Leonel hat sie genommen, sich damit aufs Sofa gesetzt und dran rumgelutscht. Dann hat meine Mutter angefangen, von sich zu reden, dass sie auch allein wär, ihr die Beine weh tun würden und der Doktor sagt, es wär Osteoporose. Und dass bei den ganzen Beschwerden, die sie hätte, ich sicher nicht dazu beitragen will, dass alles noch schlimmer wird. Ich hab ihr gesagt, dass es ja gar nicht mehr schlimmer werden kann. Sie hat gesagt, doch, es kann immer noch schlimmer werden.

Weil ich eh wusste, dass es zu nichts führt, hab ich gesagt, ich muss jetzt meine Lutscher und Kuchen machen. Zu meiner Überraschung hat sie mir ihre Hilfe angeboten und ist dann sogar über Nacht geblieben. Das hat gutgetan, es war das erste Mal, dass sie mir geholfen hat, das erste Mal seit langem, dass wir was zusammen gemacht haben. Sogar Leonel hat sich benommen und ist gleich neben uns eingeschlafen. Für einen Moment hab ich mich gefühlt wie in einer Familie. Und später am Abend, als mir so richtig wohl mit ihr war, hab ich ihr sogar erzählt, dass ich Rafael auf der Strasse getroffen hab, ich hätte ihn schon von weitem gesehen und mich extra gestreckt, damit er mich sieht, und er hat das Gegenteil gemacht, hat runtergeschaut und ist meinem Blick ausgewichen.

»Alles gut?«, hab ich gefragt, aber er hat geschwiegen. »Wann kommst du deine Sachen holen?«

»Ah, am Wochenende, wenn du willst, hab's grad eilig.«

»Ja, sag mir Bescheid, damit ich zu Hause bin, kannst mir dann auch gleich die Schlüssel geben.«

»Dein Geld zahl ich dir schon noch zurück«, hat er gesagt und sich am Kopf gekratzt.

»Ach, lass gut sein, ich hab's dir gegeben, weil ich es wollte.«

»Aber ich zahl's dir zurück …«

»Gut, aber gib mir Bescheid, wenn du Samstag kommst, dann bin ich da und schau, dass du alles mitnimmst …«

Und dann bin ich weiter. So wie an dem Tag hätten wir auch vorher miteinander umgehen können, find ich, ohne den ganzen andern Mist, das war's nicht wert. Wir hätten uns einen Haufen Sachen ersparen können.

Obwohl meine Mutter nichts gesagt hat, hab ich irgendwie gespürt, dass sie auf meiner Seite ist. Und weil sie einfach da war und mir geholfen hat, ohne Streit, war ich rundum zufrieden. Dann sind wir schlafen gegangen, wenigstens noch ein bisschen, weil ich früh um acht Uhr die Sachen ausliefern musste. Und beim Aufstehen war ich froh, dass jemand da war, und auf der Uhr war's sechs, und ich hab das Gas für die Dusche angestellt. Ich hab Leonel in sein Bett gelegt und ihm einen Kuss gegeben.

Ich hab mich ausgezogen und die Dusche aufgedreht. Dann hab ich Geräusche im Zimmer gehört, und mir ist kurz in den Sinn gekommen, dass meine Mutter jetzt wohl bei Leonel rumschnüffeln geht. Aber ich hab's nicht weiter beachtet. Als das Wasser warm genug war und ich schon halb in der Dusche, hab ich die Haustür zufallen gehört. Es war wie ein Schlag in die Magengrube. Ein Teil meiner Haare war schon nass, der andere nicht. Ich hab mir das Handtuch umgewickelt, die Badezimmertür aufgemacht und gesehen, dass in meinem Zimmer das Licht an war, ein Blick aufs Bett: Leonel war weg. Meine Mutter hatte Leonel mitgenommen. Ich glaub, das ist der Moment gewesen, in dem ich verrückt geworden bin.

Ich stand schon ein paarmal kurz davor oder hab zumindest gedacht, besser verrückt werden, als der Wahrheit ins Auge zu schauen. Zum Beispiel, als ich als kleines Mädchen gefragt hab, wer mein Vater ist, und keiner hat was gesagt, und als ich ein bisschen grösser war, vielleicht mit zehn, hab ich das Gerücht gehört, dass es mein Onkel sein soll. Und mein Bruder hat's mir dann mal bestätigt: Es ist mein Onkel.

»Aber wieso denn mein Onkel?«

»Na, darum, der Onkel hat mal mit unserer Mutter gevögelt, und dabei bist dann du rausgekommen«, hat er gesagt und weiter ferngesehen.

»Aber wie, mein Onkel, welcher Onkel?«

»Na, wie viele hast du denn?«

»Aber wer ist dann dein Vater?«

»Tja, was weiss ich ...«

»Mein Onkel?«

»Nein, nein, der Onkel ist nur dein Vater. Ich hab nie einen richtigen Vater gehabt.«

»Aber das geht doch gar nicht ...«

»Klar geht das, und jetzt hör auf rumzunerven.«

»Dann besser gleich Waisen sein«, hab ich gesagt.

»Dann halt Waisen, Mädchen, wie du willst ...« Und er hat das Fernsehprogramm umgeschaltet, als wär nichts passiert.

Ich wär besser dran als Waisenkind, hab ich gedacht, weil niemand sollte solche Scheisseltern haben. Aber ich bin nicht verrückt geworden, nicht richtig verrückt, die Wahrheit sickert nämlich meistens doch irgendwie ein, und dann ist sie da, wenn auch zu nichts zu gebrauchen. Oder als Rafael mit dem Bombolocha nach Hause gekommen ist, um seine Sachen zu holen. Da hätte ich auch verrückt werden können, und vielleicht hat mir der Bombolocha deshalb nicht ins Gesicht geschaut. Nicht mal hallo hat er gesagt. So ein Arsch, hab ich gedacht, aber nichts gesagt. Hab nur zu Rafael gemeint, er soll sich beeilen, weil ich noch wegmuss. Das hat nicht gestimmt, aber es hat sich schrecklich angefühlt, dass er geht, als wären wir Fremde. An dem Tag, ich erinner mich genau, ist Leonel ihm sogar in die Arme gerannt, als er ihn gesehen hat. Rafael hat nervös gelächelt und ihm den Kopf getätschelt, wie einem Hund. Dann hat er was zum Spielen vom Boden aufgehoben und ihn damit sich selbst überlassen. Ich hab zugesehen, wie er seine Klamotten in Mülltüten gestopft und dann mit dem Bombolocha zusammen so einen kleinen Computertisch rausgetragen hat. Als sie schon im vorderen Hof waren, hat Rafael mir zum Abschied zugewunken. Beim Türzumachen hab ich gelächelt, obwohl ich innen drin lieber geweint hätte, aber ich hab gewusst, dass das Arschloch das nicht verdient hat, und hab einfach nur tief durchgeatmet.

An all diese Male, bei denen ich hätte verrückt werden können, hab ich gedacht, als ich ein altes Sweatshirt und eine Hose übergestreift hab, um meine Mutter suchen zu gehen. Es hat noch gedämmert, draussen war es dunkel und kein Mensch auf der Strasse. Ich hab nicht gewusst, in welche Richtung ich loslaufen soll. Auf der Hauptstrasse hab ich dann gemerkt, dass es keinen Sinn macht, hin und her zu rennen wie eine Bekloppte. Ich hab nicht kapiert, wie das so schnell passiert ist, ohne dass ich es hab kommen sehen, ohne dass ich Leonel hätte verteidigen können, ohne dass ich ihn mir hätte zurückschnappen können, bevor sie ihn weggeschleppt hat. Vor meinen Augen ist alles verschwommen, und ich bin zurück nach Hause und hab Rafael angerufen.

»Meine Mutter ist mit Leonel abgehauen«, hab ich ins Telefon gekreischt.

»Wohin?«

»Was weiss ich, wohin!«

»Komm doch erst mal runter und lass gut sein«, hat er mit seiner heiseren Stimme gesagt, als wär er gerade aufgewacht.

»Wie, ich lass es gut sein? Vollidiot!«

»Na, dann mach, was du willst …«

»Fick dich, du Arschloch, verdammtes Riesenarschloch!« Und ich hab das Telefon auf den Boden geschmissen.

Wie hätte ich es einfach gut sein lassen können? Ich hab mir die Haare hochgebunden, die immer noch halb nass waren, und bin zum Haus meiner Mutter, aber sie war nicht da. Nie ist sie da gewesen, wenn man sie gebraucht hat, nie hat sie geantwortet oder getan, was man von einer Mutter erwartet. Wie damals, als ich acht war, und mein Bruder hat beim Abwaschen eine Tasse kaputtgemacht, da hat sie mich geschlagen und nicht ihn. Meine Mutter war im Wohnzimmer und hat sich die Fingernägel lackiert. Als ich ihr gesagt hab, was mein Bruder gemacht hat, hat sie mich gefragt, was sie denn jetzt meiner Meinung nach tun soll.

»Na, bestraf ihn …«

»Aha.«

»Aber bestraf ihn jetzt gleich …«, hab ich gesagt.

Da ist Mama aufgestanden und hat mir ihre Badezimmerlatsche auf den Arm geknallt. Ich hab angefangen zu heulen.

»Gepetzt wird nicht, man verpfeift keine anderen Leute, du verdammtes Miststück …!«

Schon als ich auf dem Weg zu ihr war, um nachzuschauen, ob sie ihn bei sich hat, hab ich gedacht, warum sollte ich sie eigentlich nicht verpfeifen? Und obwohl sie nicht da war, wollte ich zur Polizei und sie ans Messer liefern für das, was sie getan hat, aber ich hab gewusst, dass das nicht geht.

Das Problem war, ich hab mich nicht beruhigen können, je mehr Zeit verging, desto schneller ist mein Atem geworden, desto mehr hat mein Magen rebelliert. Ich glaub, das Adrenalin hat meine Sinne wach und auf Trab gehalten, ich bin nur noch rumgeirrt und hab nicht auf die Leute oder die Dinge geachtet, ich hatte bloss ein Ziel im Kopf, in den Bus steigen, aussteigen, ihn finden. Und obwohl ich nie gern bei meiner Grossmutter gewesen bin, weil da mein Onkel gewohnt hat, bin ich auf direktem Weg dorthin, als hätte ich mich nicht jedes Mal fast übergeben, wenn ich wusste, dass der Bruder meiner Mutter auftauchen könnte, nichts, ich hab mich stark gefühlt, zu allem fähig, um meinen Sohn zu finden. Ich hab an die Tür vom Haus meiner Grossmutter geklopft, und rausgekommen ist diese alte Frau, die kaum mehr gehen konnte, und hat gesagt, meine Mutter wär nicht da.

»Ist sie wirklich nicht da?«

»Nein, sie ist nicht da«, hat sie gesagt und ist im Türrahmen stehen geblieben, damit ich nicht reinkonnte.

»Dann lass mich nachsehen, ob sie wirklich nicht im Haus ist …«

»Sie ist nicht da.«

»Und mein Onkel?«

»Der auch nicht …«

»Dann lass mich rein …«

»Nein, es ist niemand da.«

Ich hab sie voller Hass angeschaut. Ich habe sie immer gehasst. Sie hätte niemals meine Mutter auf die Welt bringen sollen und auch nicht ihren Sohn. Sie hätte niemals zulassen dürfen, dass meine Mutter ihre Kinder bekommt, vor allem nicht mich. Ich wollte sie zwingen, mich reinzulassen, aber eigentlich wollte ich meiner Mutter gar nicht begegnen. Und deshalb hab ich es seinlassen.

»Wenn ich rauskrieg, dass sie da gewesen ist und du mich nicht zu ihr gelassen hast, komm ich wieder und prügel dir und deinem verdammten Bastard von Sohn, diesem Wichser, die Scheisse aus dem Leib.«

»Mit Töchtern handelt man sich nichts als Ärger ein, das hab ich deiner Mutter schon immer gesagt.«

»Was soll das heissen?«

»Da rackerst du dich ein Leben lang für die Kinder ab, und zum Dank hast du nichts als Ärger …«

»Das passiert nur solchen Scheissmüttern wie dir«, hab ich gesagt, mich umgedreht und bin weg.

Ich bin wieder zum Haus meiner Mutter und hab dort vor der Tür gewartet, aber am Abend war sie immer noch nicht da. Ich wollte gar nicht, aber irgendwie musste ich einfach an Leonels Mutter denken. Also bin ich zurück nach Hause und hab auf dem Weg die ganze Zeit an Leonels Mama gedacht. Der Schmerz war unerträglich, einfach nicht zu beschreiben, und er war immer noch da, als ich mich ins Bett gelegt und geweint hab und darum gefleht, dass mein Bruder mich zu sich holt und ich genauso einbetoniert sterben kann wie er, aber wer betoniert schon jemand derart Nutzloses ein?

Ich hab auch nicht viel geschlafen, nur in Etappen, und es ist mir ewig vorgekommen bis zum Morgengrauen. Ich bin in die Messe gegangen, damit ich den Kopf frei krieg. Die Tränen sind mir nur so runtergelaufen, während der Priester weiss ich was erzählt hat. Ich hab an Leonel gedacht: Hier in dieser Bank haben wir zwei neulich noch zusammengesessen, hab ich gedacht. Und hab geweint und geweint. Hier in der Kirche, wenn er der Orgel zugehört hat, das war der einzige Ort, an dem Leonel zufrieden gewesen ist: Ich hatte ihn auf dem Arm, und er hat mich umarmt und Ore, ore zu mir gesagt, in die Hände geklatscht und mich ins Gesicht geküsst. Wir waren glücklich. Deshalb glaub ich, wenn es Gott gibt, hätte er wissen müssen, dass es uns gutgeht und dass er uns nicht trennen soll, ganz im Gegenteil, er hätte ihn mir in den Bauch stecken können und ich hätte mich von Anfang an um den kleinen Fötus gekümmert, und vielleicht hätte er Glück gehabt und wär ohne Autismus auf die Welt gekommen. Aber es gibt keinen Gott, da kann der Orgelspieler noch so schön spielen.

Und so bin ich rumgeirrt, hab mir die Hände vor den Mund gehalten und gedacht, was zum Teufel, warum hat meine Mutter Leonel mitgenommen, was soll das, was hat sie denn vor? Dass sie mir den Sohn wegnimmt, war für mich der Beweis, dass meine Mutter mich nicht liebt, ich hab es schon immer geahnt, aber das war nun der Beweis. Und ich hab immer noch weinen müssen. Und beim Weinen hab ich mich dran erinnert, wie meine Mutter mich mal ertränken wollte. Sie streitet es zwar ab, aber ich weiss, dass es stimmt, ich bin ja nicht blöd. Ich erinner mich genau, wie sie warmes Wasser in die Wanne laufen liess und mir gesagt hat, ich soll reinsteigen, dann hat sie so getan, als würden wir was spielen, und irgendwann bin ich unter Wasser gerutscht, und sie hat mir den Kopf runtergedrückt, damit ich nicht hochkomme. Ich hab gestrampelt und verzweifelt mit den Händen gefuchtelt, aber sie hat meinen Kopf weiter unters Wasser getaucht, bis sie ihn irgendwann freigegeben hat. Ich hab den Mund aufgerissen und nach Luft geschnappt, und die Nase hat mir weh getan, und als ich gemerkt hab, dass ich in Sicherheit war, hab ich geschrien und losgeheult, aber statt was zu sagen, hat sie bloss gelacht. Fängst du jetzt an zu heulen? Du hältst aber auch gar nichts aus, hat sie gesagt. Ich hab nicht gewusst, was ich antworten soll, und hab mich von ihr einseifen lassen, die Hände aber fest an den Wannenrand geklammert, für den Fall, dass sie es noch mal versucht. Und in dem Zustand war ich die ganze Zeit, wenn ich nichts von ihr gehört hab. Ganz fest hab ich mich an mich selbst geklammert, damit ich, falls sie ein Lebenszeichen von sich gibt, keine falsche Bewegung mach, die sie ausnutzen kann.

Was ich nicht erwartet hab, war, dass sich Rafaels Familie von sich aus bei mir meldet. Ich soll rüberkommen zu ihnen, haben sie gesagt. Und als ich gegangen bin, war da meine Mutter, aber alle anderen sind auch da gewesen: Rafaels Brüder, meine Tante und meine Cousine mit ihren beiden Töchtern und der Bruder, der schon ein wandelnder Leichnam war und so getan hat, als würde er fernsehen, obwohl er eigentlich mich angeschaut hat.

Meine Mutter und die Mutter von Rafael haben am Tisch gesessen und mir gesagt, ich soll mich hinsetzen. Ich hab überall rumgeschaut und nach Leonel gesucht, ihn aber nicht gesehen, deshalb hab ich mich hingesetzt. Sie haben gesagt, dass sie sich Sorgen um mich machen. Ich musste lachen. Doch, sie würden sich Sorgen machen und sie hätten überlegt, dass es am besten für mich wär, wenn ich weggehen würde. Weggehen wohin? Egal wohin, aber Rafaels Familie wär ja in Michoacán und die Familie von meiner Mutter in Guanajuato. Ich hab Nein gesagt. Da hat Rafaels Neffe einen Zettel auf den Tisch gelegt mit einem Foto von Leonel drauf. Seine Familie würde nach ihm suchen. Ich hab mir den Zettel geschnappt, das Foto angeschaut und ihn dann zerknüllt. Ich hab tief Luft geholt und geschluckt.

»Aber ich weiss ja nicht mal, wo er ist … Wenn hier jemand in Schwierigkeiten kommt, dann seid das ihr, ihr habt ihn entführt.«

Rafaels Mama hat ein paar Scheine auf den Tisch gelegt und gesagt, der Neffe würde mit mir ein paar Kleider holen gehen und mich dann zum Busbahnhof bringen, kein Problem. Ich hab abgelehnt. In dem Moment hat sich meine Mutter vor mir aufgebaut und mir eine runtergehauen. Ich bin direkt aufgestanden und zur Tür, ich hab gesagt, ich würde sie bei der Polizei anzeigen, hab die alte Holztür hinter mir zugeschlagen und bin weg. Ich hab grad noch gehört, wie meine Mutter aufgeheult und losgejammert hat. Ich bin gegangen, mit erhobenem Haupt, im Glauben, die erste Schlacht wär gewonnen, und jetzt, wo sie gesehen haben, wie fest entschlossen ich bin, würden sie mir schon sagen, wo Leonel ist. Warum geben sie ihn mir nicht einfach zurück, wenn sie solchen Schiss haben? Ich bräuchte nur etwas Zeit, um rauszukriegen, wo sie ihn versteckt haben, und dann würd ich ihn mir schon zurückholen.

Aber die Lage wurde noch schlimmer, weil, als meine Mutter mit Leonel aus dem Haus ist, hab ich gar nicht mehr an meine Süsswarenlieferung gedacht. Sie war futsch, und nachher wollte die Konditorei auch nichts mehr von mir abnehmen. Klar hat mich das geärgert, aber ich hab mir nicht allzu viel draus gemacht, ich hab mich entschuldigt, aber es war mir ziemlich egal. Ich bin auch nicht mehr bei den anderen Läden vorbei, weil ich nicht wollte, dass sie mich da nach Rafael fragen oder nach Leonel. Was hätte ich auch sagen sollen? Über so einen Schmerz kann man nicht reden.

Ich wollte nur noch drüber nachdenken, wie ich den Jungen zurückbekomme. Aber die Lage wurde langsam schwierig, weil die Nerven sind mit mir durchgegangen: Ich brauchte bloss die Sirene von einer Ambulanz oder einem Streifenwagen zu hören, schon hatte ich das Gefühl, sie kommen wegen mir. Ich hab mich zu Hause eingeschlossen, die Rollos runtergelassen, das Gas abgestellt, damit man nicht sieht, dass welches verbraucht wird. Ich hab alle Türen zugesperrt. Und bei jedem Geräusch hab ich mich unterm Bett verkrochen, bis es nicht mehr zu hören war. Dann hab ich angefangen, Leonel zu hassen. Ich hatte das Gefühl, er hätte mich verraten. Wozu diese ganzen Zettel mit seinem Foto drauf, die so tun, als wär er verschwunden? Er ist nicht verschwunden, ich hab mich um ihn gekümmert, ich hab ihn zu meinem Sohn gemacht. Ein Verschwundener ist jemand, den es nicht mehr gibt, aber ihn gibt es. Warum tut er mir das an?

Das Schlimmste war, dass die Zeit verging und ich weder von Rafaels Familie noch von meiner Mutter was gehört hab. Jede Sekunde kam mir vor wie eine Ewigkeit. Und was, wenn sie wirklich bei der Polizei gewesen sind, und Leonel ist längst wieder bei seiner weissen Familie, und ich sitz hier nur noch zu Hause als Kanonenfutter und warte drauf, dass die Polizei mich holen kommt? Ich war verzweifelt, denn je weniger ich von meiner Mutter gehört hab, desto mehr Gedanken sind mir durch den Kopf geschossen.

Und meine Bedenken hatten ihren guten Grund, weil ich hab mich dran erinnert, wie mein Bruder mal einen Hund mit nach Hause gebracht hat. Meine Mutter hat gesagt, sie will keine Hunde im Haus und er soll mit seinem verdammten Köter zur Hölle fahren. Mein Bruder hat sich nicht drum geschert und ihn behalten. Er hat ihn im Hof angebunden, ihm Futter hingestellt und ist dann zur Arbeit. Ich hab nur gesehen, wie meine Mutter ihn beim Abwaschen angeschaut hat. Der Hund hat gebellt und gewinselt. Meine Mutter hat Wasser über ihn geschüttet, damit er still ist, aber der Hund hat weitergewinselt. Ich hab mich schrecklich gefühlt, was konnte denn der Hund dafür? Zu meinem Bruder hat meine Mutter nichts gesagt, aber zwei, drei Tage später hat sie den Hund richtig dreckig behandelt, entweder hat sie sein Futter weggeschmissen oder ihm Scheisse in den Napf gelegt, jedenfalls hat sie ihn nicht in Frieden gelassen. Ich hab's meinem Bruder gesagt, und er hat sich bei ihr beschwert, aber meine Mutter hat gesagt, wenn er den Hund nicht wegschafft, wird das Konsequenzen haben. Mein Bruder hat sich nicht drum geschert. Was denn für Konsequenzen? Und dann hat sie ihn vergiftet. Sie hat es abgestritten und geschworen, dass sie's nicht war, aber mein Bruder und ich wussten Bescheid. Mein Bruder hat viel um den Hund geweint, aber meine Mutter hat immer gesagt, es wär das Beste für den Hund gewesen, dass er stirbt. Mein Bruder hat nichts mehr gesagt, und wir hatten nie wieder einen Hund im Haus.

Ich brauchte mich bloss dran zu erinnern, und schon war ich wieder auf dem Weg zum Haus meiner Mutter. Ich wollte meinen Sohn, und sie hat ihn mir weggenommen. Das wird Konsequenzen haben, hab ich gedacht. Als ich bei ihr vor dem Haus stand und gesehen hab, dass sie den Hof wischt, musste ich schlucken. Das Erste, woran ich gedacht hab, war, dass sie Beweise verwischt, obwohl ich nicht wusste, wovon genau. Ich bin reingegangen und hab das Tor zugezogen. Sie hat mich gesehen und ist blass geworden. Dann ist sie hin und hat das Radio leiser gedreht, sie hat sich die Haare aus dem Gesicht gestrichen und drauf gewartet, dass ich was sag.

»Wo ist Leonel?«, hab ich mit fast schon drohendem Ton gefragt.

»Wer?«

»Leonel, tu doch nicht so.«

»Wer ist Leonel? Von wem redest du?«

Sie hat den Wischmopp weiter hin- und hergeschoben. Beinahe wär sie auf der Seifenlauge ausgerutscht.

»Sag mir, wo Leonel ist …«

Sie hat so getan, als ob ich nicht da wär, also bin ich auf sie los: Wir sind beide ausgerutscht und umgefallen. Ich genau auf ihre Brust. Ich wollte sie beissen, aber sie hat mich weggestossen, und ich bin auf den Hintern gefallen. Sie hat sich hochgerappelt und mich von ihrem Grundstück verjagt.

»Fahr zur Hölle, du verdammtes Miststück, verpiss dich, du Schlampe!«

Sie hat ihre Knöchel knacken lassen und aufs Tor gezeigt, aber ich bin liegen geblieben.

»Zur Hölle mit dir, du verdammtes Gör, ich bin nicht länger deine Mutter, zisch ab, sieh zu, dass du Land gewinnst!«

Ich hab keinen Mucks gemacht. Ich hab immer noch an den Hund gedacht und hatte Schiss, nach Leonel zu fragen, also bin ich einfach liegen geblieben und war mir nicht mehr sicher, ob ich die Wahrheit wirklich wissen wollte. Sie hat schneller reagiert, hat sich auf mich gestürzt und mich an den Haaren über den Boden gezerrt. Ich hab mich schon gewehrt, aber der nasse Boden war keine grosse Hilfe. Gar nicht. Sie hat mit mir gemacht, was sie wollte, in dem Moment ist wohl alles in ihr hochgekommen, mein Onkel, der sie vergewaltigt hat, dass sie alleine war und hässlich, dass mein Bruder ohne Vorwarnung einfach so gestorben war, alles, sie hat nur noch auf mich eingedroschen.

»Wo ist Leonel?«, hab ich immer wieder aus voller Kehle gebrüllt.

Sie hat mich bis ans Hoftor geschleift. »Entweder du haust auf der Stelle ab und lässt dich hier nie wieder blicken, oder ich ruf die Polizei und sag ihnen, was du getan hast. Zur Hölle mit dir, du dreckiges Miststück, fahr zur Hölle!«

Sie hat das Tor aufgehalten und gewartet, bis ich mich auf allen vieren rausgeschleppt hatte. Dann hat sie abgeschlossen, das Radio wieder lauter gedreht und weiter den Boden gewischt, hin und her hat sie den Mopp und das Schaumwasser geschoben, ganz im Rhythmus. Es war unglaublich, ihr dabei zuzusehen, wie sie sich abmüht, um alles restlos sauber zu bekommen. Nicht einmal hat sich meine Mutter nach mir umgedreht. Obwohl ich noch ein paar Minuten dageblieben bin, hab ich gewusst, dass sie sich nicht mehr umdrehen wird. Diese Frau war zu allem fähig, um ihre eigenen Interessen zu verteidigen, sie hat dafür sogar einen Hund geopfert, einen Sohn, und mich.

Ab dem Moment, wo ich meine Mutter zuletzt gesehen hab, hab ich jede Stunde, jede Minute, jede Sekunde drauf gewartet, dass die Polizei mich holen kommt. Aber ich hab mich mit dem Gedanken getröstet, dass ich ja nichts hatte, ich hatte kein Kind, ich war allein, da war nichts, was ich verstecken musste. Wenn jemand was zu erklären hatte, dann meine Mutter. Und diese Erklärungen hätte ich zu gern von ihr hören wollen.

Aber eigentlich hab ich gar nichts mehr richtig gewollt. Wenn überhaupt, dann wollte ich, dass der Albtraum aufhört, weil ich hatte Paranoia. Ich hab den Fernseher angemacht, um mich abzulenken, und gleich kam irgendwas von der Polizei oder vom Gericht, und ich hab geglaubt, sie reden von mir. Sie hören mich ab, sie beobachten mich, sie warten drauf, dass ich einen Fehler mach, damit sie mich holen können. Es ist so weit gegangen, dass ich ständig nach seltsamen Kabeln im Haus rumgeschaut hab oder ob irgendwelche komischen Leute auf der Strasse rumlungern oder so was. Einmal hat es dann plötzlich an der Tür geklopft, und fast wär mir das Herz rausgesprungen. Ich hab aus dem Küchenfenster geschaut, und es war Rafaels Cousin. Er hat mit den Augen gegrüsst. Ich hab ihn nicht reinlassen wollen.

»Was kann ich für dich tun?«, hab ich durchs halboffene Fenster gefragt.

»Ich bring dir das hier …«, hat er gesagt und mir eine Plastiktüte hingehalten.

Ich hab gezögert, aber weil er so ein treuherziges Gesicht gemacht hat, hab ich sie dann doch genommen.

»Was ist das?«

»Siehst du dann schon, aber sag niemand, dass ich's dir gebracht hab.«

Er hat sich die Kapuze von seinem Pulli übergezogen und die Hände in die Hosentaschen gesteckt. Dann hat er sich schnell aus dem Staub gemacht. Von hinten hat er ausgesehen wie Rafael. Er hat mir leidgetan. Auch der schafft's niemals von hier weg oder sonst wohin und wird niemals glücklich sein, genau wie wir alle hier. Als würde er mir bestätigen, dass wir alle von Geburt an in der Scheisse stecken.

Ich hab die Tüte aufgemacht, es waren Leonels Schuhe drin, die Schnürsenkel schmutzig, mit kreuzweisen Schlammspuren vom Binden. Ich hab sie mir an die Nase gehalten und nach seinem Geruch gesucht, aber sie haben nach nichts gerochen. Und genau da und in dem Moment bin ich zusammengebrochen. Ich hab die Schuhe an die Wand geschmissen und losgeheult. Dann bin ich ins Schlafzimmer und hab Leonels ganze Sachen aus dem Schrank gezerrt und auf den Boden geschmissen. Scheiss Leonel, Scheiss Leonel, Scheiss auf dich, Leonel mit deinen verdammten Scheisslocken, fick dich, Leonel, fick dich! Aber ich wollte auch, dass meine Mutter sich ficken geht, diese verdammte Scheisskriminelle, Scheisskriminelle! Sie und ihr verblödeter Bruder, die mich gezeugt haben, verfluchte alte Idiotin, die sich hat vergewaltigen lassen, Wichser, Sohn einer Hündin, Hurensohn, der sie vergewaltigt hat, verflucht seist du, verflucht sei das verdammte Arschloch, das dafür gesorgt hat, dass ich auf der Welt bin! Idioten seid ihr, alle, alle, der Idiot von Rafael, mein idiotischer Bruder, der sich hat schlagen lassen, Rafaels idiotischer Cousin, der einfach nur vorbeikommt und die ganze Traurigkeit bei mir ablädt! Was ist mit Leonel passiert, wo ist Leonel hin? Ich bin unschuldig, hab ich mir gesagt, unschuldig. Ich bin hier das Opfer, mein Leben ist eine einzige verdammte grosse Scheisse, wie können sie da glauben, dass ich die Böse bin! Leonel!

Aber Leonel war nicht da und würde auch nie wieder da sein, nicht bei mir, nicht bei seiner Mutter, nicht hier, nicht in einem anderen Leben. Wo ist Leonel, was haben sie ihm angetan, was ist mit ihm passiert? Und heulen nutzt gar nichts, weil der Schmerz hört nicht auf. Er geht nicht weg, das Einzige, was gegangen ist, ist Leonel, und das Letzte, was ich getan hab, war, ihm einen Kuss zu geben, als er geschlafen hat. Ich hab mich nicht verabschiedet, er weiss nicht, dass ich ihm einen Kuss gegeben, dass ich ihn geliebt hab. Leonel weiss gar nichts, er kann sich die ganze Liebe, die ich ihm gegeben hab, nicht vorstellen, auch nicht, wie wichtig er in meinem Leben gewesen ist. Leonel ist verschwunden. Leonel ist verschwunden.

Und so hab ich die Zeit verbracht, bis ich eines Morgens aufgewacht bin und der Tag auf einmal heller war und die Sonne durch die Fensterritzen reingeschienen hat, da hab ich gewusst, dass ich alle Sachen von Leonel loswerden muss. Ich hab sie in eine Tüte gestopft und mit Klebeband fest zugeklebt. Im hinteren Hof hab ich mit einem Löffel in der trockenen Erde gegraben. Als schon ein ziemliches Loch da war, hab ich mit einem Kochspatel weitergescharrt, bis die Tüte mit Leonels Sachen reingepasst hat. Dann hab ich Erde draufgeschüttet. Es war mein Begräbnis für ihn. Ich hab nichts anderes zu tun gewusst. Dann bin ich kalt duschen gegangen wie zur Bestrafung, aber das hat auch nicht geholfen. Kurz danach hab ich das Haus aufgeräumt, den Herd geputzt, den Boden gewischt. Ich hab alles saubergemacht. Das Putzwasser hab ich auf die Erde im hinteren Hof gekippt, damit niemand merkt, dass ich da gegraben hab. Dann hab ich das Haus mit den zwei Höfen, in dem mal meine ganze Hoffnung gesteckt hat, abgeschlossen und bin gegangen.

So früh am Tag war die Station Indios Verdes ein einziges Chaos, und als ich runter zur Metro bin, war es rammelvoll. In den endlosen Schlangen ging's weder vor noch zurück. Ich hab zwischen den Leuten festgesteckt, die es eilig hatten und sich ihren Weg mit den Ellbogen gebahnt haben. Ich hab nicht gewusst, ob ich komm oder geh, aber irgendwie hab ich's geschafft, an der Station Guerrero Richtung Buenavista umzusteigen. Dann, keine Ahnung, wie, wahrscheinlich hab ich mich durchgefragt, bin ich bei der Bezirksverwaltung angekommen. Da waren viele Menschen und lauter Türen. Ich bin auf einen Schalter zu, aber an der Scheibe hing ein Schild, dass sie hier keine Auskünfte geben. Ich bin eine riesige Treppe hoch, die ins Hauptgebäude führt. Der Wachmann am Eingang hat mich gefragt, was ich will. Ich hab nicht gewusst, was ich antworten soll. Ich hab abgewunken, mich umgedreht und bin die Treppe schnell wieder runter. Dann bin ich fast im Kreis gelaufen und hab nach einem freundlichen Gesicht gesucht, das ich mich zu fragen trau. Jemand hat mir gesagt, wo der Empfang ist, ich bin in die Richtung und hab gemerkt, wie schwer mir die Füsse werden. In der Manteltasche hatte ich noch einen von Leonels kleinen Schuhen, ich hab noch gedacht, es wär vielleicht ein Fehler, ihn dabeizuhaben, aber dann hab ich ihn trotzdem ganz fest in der Hand gehalten, als würde ich mich an dem Kind festhalten, das ihn mal getragen hat. Ich hab gefragt, wo die Staatsanwaltschaft ist.

»In welcher Angelegenheit?«, hat das Mädchen mit den blondgefärbten Haaren gefragt und mich gelangweilt angeschaut. Ich hab gezögert und sie ein paar Sekunden lang angestarrt. Sie hat was in ein Heft geschrieben und es mir gereicht.

»In welcher Angelegenheit? Tragen Sie hier Ihren Namen ein und die Etage, in die Sie müssen …«

Ich hab riesige Angst vor ihr gekriegt. Ich wollte ihr sagen, dass es nicht stimmt, dass ich rein zufällig bei dem Park ausgestiegen bin. Als ich an dem Tag aus dem Haus bin, hab ich genau gewusst, dass Leonel in der Gegend wohnt, ich hatte ja die Geburtstagslutscher für ihn gemacht. Und ich wollte auch sagen, dass ich wusste, dass seine Mutter ihn jeden Tag mit in den Park nimmt, fast immer zur selben Zeit. Und dass ich manchmal hingegangen bin, um sie anzuschauen, und gedacht hab, ich könnte diese Frau sein und dass ich in Wahrheit jede Frau dieser

Welt sein könnte, aber ich wollte nicht jede sein, ich wollte einfach nur Mutter sein. Vielleicht würde ich ihr auch sagen, dass meine Mutter Leonel was angetan hat, aber ich wüsste eigentlich nicht, was, und es wär jetzt auch egal. Ich wär hier wegen uns allen, vor allem aber wegen mir. Um die Konsequenzen auf mich zu nehmen, aber ich hab Angst bekommen, riesige Angst, und deshalb konnte ich nur leise sagen: »Ich weiss es nicht, ich weiss nicht …«, und hab dabei kaum die Lippen bewegt.

Und ich hab mir auf die Zunge gebissen. Die Stimme ist mir weggeblieben. Und ich hab nur gesagt, ich bin die Frau mit dem roten Regenschirm, und hab an den Jungen gedacht, wie er kichernd im Park rumgestapft ist. Ich bin die mit dem roten Regenschirm, hab ich noch mal gesagt, und die Tränen sind mir übers Gesicht gelaufen, aber die junge Frau hat mir das Registerbuch aus der Hand genommen und dem Wachmann ein Zeichen gemacht. Ich hab die Hand in die Tasche gesteckt und Leonels Schühchen fest gedrückt. Der Wachmann hat sich vor mir aufgebaut.

»Ihr Name, Señora …«, hat er gesagt und einen Blick auf das Besucherregister geworfen.

Ich hab nicht mehr hingeschaut. Ich bin auf ihn zu und hab ihn fast angerempelt, als ich Richtung Ausgang gelaufen bin, dabei hab ich geheult wie die Irre, die ich immer war.

»Ich hab keinen Namen …«, hab ich gesagt, aber nicht gewusst, ob er mich noch hört, weil ich weitergelaufen bin, bis ich aus seinem Blickfeld verschwunden war, als wär ich eine unter vielen. Und dann bin ich in der Menge untergetaucht.

LENOS BABEL – Das internationale Programm

Lilia Hassaine
Bittere Sonne
Roman
Aus dem Französischen von Anne Thomas
182 Seiten, gebunden, mit Schutzumschlag
ISBN 978 3 03925 035 6

»Die grösste Last tragen immer die Frauen, egal welcher Herkunft. Ihren Schicksalen, ihrer Stärke setzt Hassaine ein literarisches Denkmal, in knapper, fast beiläufiger Sprache beschreibt sie tiefste Gefühle und weckt Empathie.«
Maria Leitner, Buchkultur

LENOS BABEL – Das internationale Programm

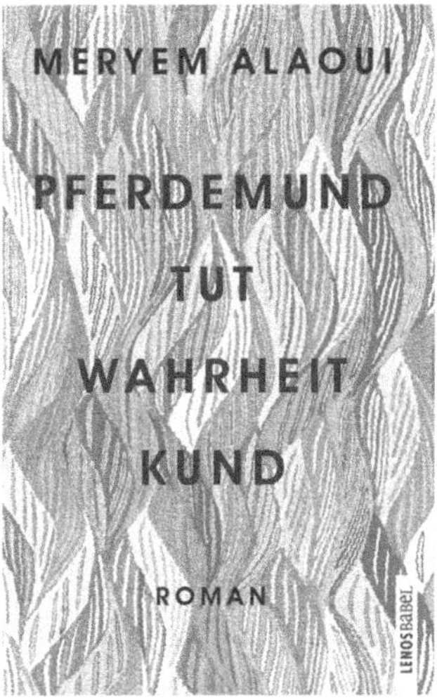

Meryem Alaoui
Pferdemund tut Wahrheit kund
Roman
Aus dem Französischen von Barbara Sauser
312 Seiten, gebunden, mit Schutzumschlag
ISBN 978 3 03925 030 1

»Wenn jemand klar und jederzeit den Tarif durchzugeben weiss, dann die Heldin von Meryem Alaouis witzigem, bitterem und überraschendem Erstlingsroman.«
Angela Schader, Perlentaucher

Jadd Hilal
Flügel in der Ferne
Roman
Aus dem Französischen von Barbara Sauser
202 Seiten, gebunden, mit Schutzumschlag
ISBN 978 3 03925 014 1

»Die biographischen, manchmal in poetischen Bildern verdichteten Fragmente zeugen von grosser Resilienz dieser Frauen. Und es ist Jadd Hilal wunderbar gelungen, in ihnen etwas von der anrührenden Stille zu bewahren, mit der die Protagonistinnen schwierige Lebenssituationen meistern. Ein beeindruckendes Debüt!«
Sigrid Brinkmann, Bayerischer Rundfunk

Leila Aboulela
anderswo, daheim
Erzählungen
Aus dem Englischen von Irma Wehrli
238 Seiten, gebunden, mit Schutzumschlag
ISBN 978 3 03925 023 3

»Aboulela spielt in ihren Erzählungen alle möglichen Versuche der Verständigung durch – sommerliche Reisen in die alte Heimat, das Konvertieren zum Islam, das Aufwachsen als Kind einer gemischten Ehe.«
Lena Bopp, Frankfurter Allgemeine Zeitung